Вечерние досуги

Варвара Андреевская

Вечерние досуги

© Bibliotech Press, 2021.

ISNB: 978-1-63637-707-0

ОГЛАВЛЕНІЕ

"Дѣдушка-Морозъ"

Вотъ идетъ "Дѣдушка-Морозъ"!— весело кричали дѣти, возвращаясь изъ школы наканунѣ рождественскаго сочельника, и цѣлою гурьбою, въ перегонку другъ передъ другомъ спѣшили подбѣжать къ высокому, сѣдому старику, прозванному ими "Дѣдушкой-Морозомъ", потому что онъ обыкновенно появлялся въ городѣ только зимою, передъ Рождествомъ, когда бываетъ холодно.

Имя старика было Андрей; онъ жилъ въ одной изъ сосѣднихъ деревень, лѣтомъ занимался хлѣбопашествомъ, т.-е. обрабатывалъ землю, а зимой ѣздилъ въ извозѣ, да торговалъ ёлками.

Въ городѣ не было, кажется, ни одного ребенка, который бы не зналъ его въ лицо или по крайней мѣрѣ по наслышкѣ. Дѣти въ болѣе старшемъ возрастѣ въ теченіе цѣлаго года старались скопить получаемыя отъ родителей за хорошіе успѣхи деньги, чтобы передъ Рождествомъ купить у дѣдушки ёлку, самыя же маленькія полагали, что "Дѣдушка-Морозъ" даетъ ёлки даромъ, и даетъ только тѣмъ дѣтямъ, которыя умны и послушны; остальныхъ, наказываетъ розгами.

Въ минуту моего разсказа, какъ уже сказано выше, толпа дѣтишекъ, возвращавшихся изъ школы, и завидѣвшихъ своего стараго знакомаго, поспѣшила броситься къ нему на встрѣчу.

— Здравствуй, дѣдушка!

— Какъ живешь, какъ можешь?

— Продай мнѣ поскорѣе вотъ эту самую большую развѣсистую ёлку, я дамъ за нее около рубля, такъ назначила мама, кричали одни.

— Нѣтъ, мнѣ продай, я дамъ дороже,— старались перекричать другіе, и какъ бы желая скорѣе заручиться ёлкою, уже протягивали деньги.

— Ты обѣщалъ доставить къ намъ на квартиру. Сейчасъ сюда придетъ наша горничная, передай ей ёлку, что стоитъ направо, только смотри, именно, эту, я другой не хочу...— Слышалось со всѣхъ сторонъ..

Андрей едва успѣвалъ удовлетворять требованіямъ своихъ маленькихъ покупателей и отвѣчать имъ; они тормошили его, дергали кто за рукавъ, кто за передникъ, кто за полу, и по прошествіи самаго непродолжительнаго времени, раскупивъ почти весь товаръ, съ громкимъ радостнымъ крикомъ разошлись по своимъ домамъ.

Андрей чувствовалъ себя совершенно довольнымъ; никогда еще продажа ёлокъ не шла у него такъ бойко, какъ сегодня; онъ только-что хотѣлъ присѣсть на тумбочку, чтобы немного отдохнуть, какъ вдругъ замѣтилъ проходившую мимо очень бѣдно одѣтую женщину, которая почти силою тащила за собою маленькаго, точно такъ же бѣдно одѣтаго мальчика.

— Ахъ, это вы, Анна Петровна, здравствуйте!— привѣтливо обратился."Дѣдушка-Морозъ", къ молодой женщинѣ:— не думайте, что я про васъ забылъ да распродалъ все; нѣтъ, вотъ тутъ у меня припрятана вамъ ёлочка маленькая, пушистая, хорошенькая, точь въ точь такая, какъ изволили покупать въ прошломъ году, вѣдь вамъ большой не надобно... возьмите... не дорого спрошу...

Молодая женщина вмѣсто отвѣта молча кивнула головой и сдѣлала шагъ впередъ, но маленькій сынишка остановилъ ее.

— Купите, не дорого возьму, вѣдь вы всегда были моей покупательницей,— продолжалъ Андрей, потряхивая передъ Анной Петровной небольшою, дѣйствительно очень хорошенькою ёлочкой.

— Спасибо, Андрей, но нынче мнѣ не надобно,— тихо проговорила Анна Петровна.

— Почему?

— У насъ этотъ годъ не будетъ ёлки.

— Мама, развѣ праздникъ Рождества можетъ быть безъ ёлки,— вмѣшался въ разговоръ маленькій мальчикъ, на глазахъ котораго выступили слезы. Тогда Анна Петровна нагнулась къ нему и начала что-то тихо нашептывать.

— Ничего, мама, купи, вѣдь папа скоро примется за работу,— настаивалъ мальчуганъ, употребляя всѣ усилія, чтобы задержать мать на мѣстѣ.

— Конечно, купите, доставьте удовольствіе вашему сыну,— продолжалъ старикъ.— Если не хотите тратить лишняго, то вмѣсто всякихъ украшеній можете повѣсить, ну, хотя бы нѣсколько яблокъ да орѣховъ, и кое-гдѣ зажечь восковыя свѣчи — это обойдется дешево..

— Нѣтъ, Андрей, къ великому сожалѣнію, я не могу сдѣлать даже этого, такъ какъ моя меньшая дочь Катюша, проболѣла почти всю зиму, и лѣченіе ея намъ стоило очень дорого, а тутъ еще мужъ, работая на заводѣ, повредилъ себѣ руку, вслѣдствіе чего былъ вынужденъ десять дней пролежать въ больницѣ.

— Скажите, пожалуйста! А я объ этомъ вѣдь ничего даже и не зналъ; что же, ему очень худо?

— Теперь опасность миновала, но рука забинтована, въ

2

общемъ онъ очень слабъ и Богъ знаетъ сколько времени пройдетъ, прежде чѣмъ бѣдняга будетъ въ состоянiи взяться за работу — да еще и работу-то найдетъ ли!

— Значитъ вамъ ёлка ни въ какомъ случаѣ не понадобится?

— Вѣроятно.

— Когда я выросту большой, то буду самъ торговать ёлками, и въ рождественскiй сочельникъ украшу ими всю нашу комнатку, а тебѣ, милая мамочка, папѣ и сестричкѣ Катѣ подарю изъ нихъ самую лучшую, для себя же оставлю поменьше — снова заговорилъ маленькiй мальчикъ и, подпрыгивая на одной ножкѣ, послѣдовалъ за матерью, которая, взглянувъ на него, невольно улыбнулась.

— Жаль мнѣ ихъ, да ничего не подѣлаешь,— пробормоталъ самъ себѣ дѣдушка, провожая глазами уходившую отъ него женщину и ребенка.— Конечно въ домѣ, гдѣ въ рождественскiй сочельникъ не зажжена ёлка, какъ будто и праздникъ не чувствуется, а коли на это нѣтъ денегъ, такъ приходится покориться...

Предложить развѣ мальчугану даромъ одну изъ моихъ маленькихъ ёлочекъ — я сегодня вѣдь довольно заработалъ,— мелькнуло въ головѣ дѣдушки, и онъ уже приподнялся съ мѣста, чтобы окликнуть Анну Петровну, но тутъ ему вдругъ стало жалко разставаться съ товаромъ, за который онъ самъ только вчера заплатилъ деньги, и который надѣялся распродать окончательно, если не сегодня, то завтра, въ сочельникъ, уже навѣрное.

— Да, да, конечно, всѣхъ бѣдняковъ не надѣлишь, проговорилъ старикъ почти громко и, соскочивъ съ мѣста, взвалилъ себѣ на плечи нѣсколько нераспроданныхъ еще ёлокъ, чтобы направиться съ ними домой, закусить, обогрѣться, сосчитать полученную выручку и, отдѣливъ часть ея въ желѣзный сундукъ, гдѣ у него хранились остальныя деньги, къ завтрему прикупить еще того же самаго товара.

Погода стояла хорошая, ясная, хотя было холодно; дѣдушка шелъ впередъ торопливыми шагами, на встрѣчу ему попадалось множество народа, всѣ казались такiе счастливые, довольные.... всѣ почти держали въ рукахъ различныя покупки, тюрички, сверточки.

———

На слѣдующее утро, т.-е. въ самый день сочельника, "Дѣдушка-Морозъ", снова появился на базарѣ, точно такъ Же какъ вчера окруженный ёлками и точно такъ же осаждаемый покупателями.

— Мама, постоимъ, посмотримъ,— услыхалъ онъ позади себя знакомый голосъ вчерашняго мальчика и, оглянувшись, увидалъ въ нѣсколькихъ шагахъ отъ себя высокую, худощавую фигуру Анны Петровны, блѣдной, разстроенной, съ красными, заплаканными глазами.

— Пойдемъ, Федюша, некогда,— отозвалась она, поправивъ висѣвшій на рукѣ небольшой узелокъ и стараясь оттащить Федю, но Федя не поддавался — ему очень хотѣлось хоть нѣсколько минутъ постоять около "Дѣдушки-Мороза" и полюбоваться его красивыми блочками.

— Можетъ быть, дѣдушка надумается и подаритъ мнѣ одну изъ нихъ,— тихо проговорилъ онъ матери и, сдѣлавъ ловкій прыжокъ, мигомъ очутился около Андрея, протянулъ ему свою маленькую ручку и взглянулъ на него умоляющими глазами. Старикъ молча кивнулъ головою.

— Здравствуй, дѣдушка,— началъ мальчикъ, ласкаясь къ старику,— знаешь-ли что я скажу тебѣ?

— Нѣтъ, не знаю,— шутливо отозвался дѣдушка.

— Вѣдь я уже учусь читать, и помню наизусть почти всѣ буквы русской азбуки.

— Въ самомъ дѣлѣ?

— Правда.

— Молодецъ! Хвалю.

Федя прижался къ нему ближе и продолжалъ попрежнему убѣдительно смотрѣть въ глаза, какъ бы задавая вопросъ: а что ты мнѣ за это подаришь? Но старикъ словно не понималъ нѣмого вопроса мальчика, и пристально осмотрѣвъ его съ ногъ до головы, спросилъ Анну Петровну о состояніи здоровья ея мужа.

— Слабѣетъ все....— отозвалась Анна Петровна нѣсколько дрожащимъ голосомъ,— да оно и не удивительно. Докторъ велитъ какъ можно больше кушать питательную пищу, а у насъ не на что даже купить хлѣба, къ тому же стоятъ сильные холода, надо топить печи, а къ дровамъ нѣтъ при дѣну... вотъ иду опять въ ломбардъ закладывать послѣднія вещи,— съ этими словами она указала рукой на маленькій узелокъ.

— Богъ дастъ вашъ мужъ поправится, и все пойдетъ попрежнему,— отозвался Андрей, чтобы только что-нибудь сказать.

— Едва ли; я думаю, что при тѣхъ условіяхъ, въ которыхъ

4

мы находимся, мой бѣдный мужъ скорѣе умретъ, чѣмъ поправится.

— Зачѣмъ такія мрачныя мысли!

— Затѣмъ, что не на что купить лѣкарства, нечѣмъ платить за квартиру, все продано, заложено, перезаложено... вотъ теперь несу въ ломбардъ послѣднее — рабочіе инструменты мужа, они ему навѣрное больше не понадобятся, да верхнюю одежду Феди... авось безъ нея не замерзнетъ... Бѣдный мальчикъ еще не знаетъ про это, я не хотѣла его брать съ собою, но очень уже онъ просился посмотрѣть на ёлочки, да на игрушки, выставленныя въ окнахъ; просто не знаю, какъ мнѣ съ нимъ быть, въ ломбардѣ увидитъ, что изъ узла станутъ вынимать его новое пальто, навѣрное расплачется...

Пока несчастная женщина изливала Андрею все, что у нея наболѣло на сердцѣ, маленькій Федя, спрятавъ свои окоченѣлыя ручки въ карманы, не могъ оторвать глазъ отъ оконъ магазина, гдѣ было выставлено огромное количество всевозможныхъ игрушекъ, и съ любопытствомъ провожалъ глазами каждаго, кто выходилъ оттуда.

— Федя, пойдемъ,— окликнула его наконецъ Анна Петровна.

— Не пойду,— отозвался Федя,— здѣсь такъ весело!

— Но, голубчикъ, мнѣ нѣтъ времени стоять.

— Оставь меня съ дѣдушкой, онъ навѣрное позволитъ; вѣдь позволишь, да, неправда ли?— сказалъ Федя обратившись къ старику, и не дожидаясь отвѣта, сейчасъ же добавилъ:— я знаю наизусть всѣ буквы русской азбуки... и очень, очень люблю тебя за то, что ты всегда давалъ мнѣ такія красивыя ёлки...

Послѣднія слова маленькаго Феди тронули дѣдушку; до сихъ поръ никто изъ дѣтей еще никогда не высказывалъ ему своей благодарности за проданныя ёлки, а вѣдь сколько ихъ они у него покупали... никто никогда не говорилъ ему, что любитъ его, никто, кромѣ покойной матери, давно, давно, когда онъ самъ былъ еще такимъ же маленькимъ, какъ теперь Федя.

Нѣсколько минутъ старикъ смотрѣлъ на него молча, потомъ погладилъ по головкѣ и проговорилъ ласково:

— Пусть твоя мама идетъ по дѣламъ одна, а ты посиди со мною.

Мальчуганъ, конечно, не заставилъ дважды повторить себѣ любезное предложеніе, и остался очень охотно, а Анна Петровна, тоже весьма довольная тѣмъ, что Федя не увидитъ, какъ она. будетъ закладывать его теплое пальто, поспѣшно направилась къ ломбарду.

Андрея, между тѣмъ, снова осадила толпа покупателей, ёлки распродавались быстро, и чѣмъ больше образовывалось вокругъ него пустого пространства, такъ какъ ёлки все уносились и уносились, тѣмъ толще становился безъ того уже туго набитый кошелекъ.

Увлекаясь выручкою, старикъ, повидимому, совершенно забылъ о существованіи своего маленькаго товарища, который ежился отъ холода, усердно потиралъ руки и дрожалъ словно въ лихорадкѣ.

Но вотъ наконецъ совершенно случайно онъ повернулъ голову по тому направленію, гдѣ стоялъ Федя; жаль ему стало бѣднягу, онъ молча снялъ съ себя сначала теплый платокъ, потомъ рукавицы, чтобы надѣть то и другое на него.

— Какой ты добрый, дѣдушка, спасибо,— сказалъ ему тогда Федя.

Андрей на это замѣчаніе ничего не отвѣтилъ.

— Дѣдушка, ты даешь елки всѣмъ дѣтямъ безъ разбора, или только тѣмъ, которыя умны и послушны?— снова заговорилъ Федя.

— Конечно, безъ разбора; не все ли мнѣ равно.

— Какъ не все ли равно? тебѣ навѣрное вѣдь пріятнѣе сдѣлать подарокъ хорошимъ дѣтямъ, а не дурнымъ.

— Я никому никакого подарка не дѣлаю.

Федя посмотрѣлъ на своего собесѣдника удивленными глазами.

— Ну, да, не дѣлаю,— продолжалъ старикъ,— я продаю ёлки, т.-е. получаю за нихъ деньги.

— Вотъ какъ, да... да... теперь я понимаю; кому нужны ёлки, тотъ приходитъ къ тебѣ и проситъ,— ты отдаешь ему ее, Я, онъ за это въ свою очередь даетъ тебѣ деньги... Деньги тоже, должно быть, очень хорошая вещь, потому что мама всегда радуется, когда онѣ у насъ есть, и плачетъ, если ихъ не откуда взять... она говоритъ, что на деньги можно купить хлѣба, мяса, дровъ, однимъ словомъ, все, что нужно... Ты тоже вѣдь навѣрное покупаешь это своимъ дѣтямъ?

— У меня нѣтъ дѣтей,— отвѣтилъ старикъ отрывисто.

— Тогда женѣ.

— Я не женатъ.

— Ну, матери, отцу, сестрамъ, братьямъ...

— Ахъ какъ ты мнѣ надоѣлъ; отстань, пожалуйста, нѣтъ у меня ни жены, ни отца, ни матери, ни сестеръ, ни братьевъ; понимаешь ли, никого, никого на цѣломъ свѣтѣ.

Федя съ сожалѣніемъ смотрѣлъ на дѣдушку; до сихъ поръ онъ считалъ его не только богатымъ но и счастливымъ, теперь же ясно видѣлъ и понималъ, что дѣдушка счастливымъ быть не можетъ.

Минутъ пять оба собесѣдника стояли молча, затѣмъ наконецъ Федя заговорилъ первый.

— Если ты на свѣтѣ совсѣмъ одинокій, то на что тебѣ такъ много денегъ? Посмотри вѣдь у тебя ихъ полные карманы? Ахъ да, впрочемъ, понимаю, догадываюсь, навѣрное ты раздаешь ихъ бѣднымъ людямъ, чтобы они могли на нихъ купить себѣ хлѣба и дровъ.

— Вотъ еще какія глупости; гдѣ мнѣ думать о разныхъ бѣднякахъ, когда самому подчасъ приходится голодать и мерзнуть. Лучше всего совѣтую тебѣ про такія вещи со мною никогда не разговаривать, иначе я разсержусь и прогоню тебя.

Мальчикъ замолчалъ; ему было очень непріятно, что дѣдушка недоволенъ, онъ не зналъ, какъ загладить вину, и чувствовалъ, что слезы подступаютъ ему къ горлу.

— Не плачь,— сказалъ тогда старикъ, замѣтившій его волненіе,— я тебя прощаю, ты навѣрное не то хотѣлъ спросить, а потому вмѣсто того, чтобы сердиться, сейчасъ объясню все совершенно покойно. Слушай. Деньги, вырученныя отъ продажи ёлокъ, я ношу въ сберегательную кассу, съ теченіемъ времени у меня ихъ набирается довольно много, тогда я ихъ обмѣниваю на золотыя монеты, которыя затѣмъ прячу въ сундукъ; мнѣ доставляетъ большое удовольствіе любоваться ими и пересчитывать; съ каждымъ годомъ ихъ набирается все больше и больше, ты только, пожалуйста, объ этомъ никому не говори,— прошепталъ старикъ, тревожно озираясь на всѣ стороны — иначе ко мнѣ могутъ забраться воры, украдутъ все богатство, да къ довершенію еще убьютъ.

Федя слушалъ дѣдушку съ широко раскрытыми глазами, и только-что хотѣлъ сдѣлать еще какой-то вопросъ, какъ къ нимъ подошелъ одинъ пожилой господинъ въ сопровожденіи ливрейнаго лакея и, выбравъ самую большую ёлку, небрежно выкинулъ изъ кошелька золотой, а ёлку приказалъ отнести къ себѣ на квартиру.

Послѣ пожилого господина почти сейчасъ же подошла бѣдно одѣтая женщина, очень похожая по фигурѣ и по туалету на Анну Петровну; она тоже выбрала ёлку, только, напротивъ, самую маленькую, вмѣсто золотого, расплатилась мѣднымъ пятакомъ и на собственныхъ плечахъ потащила ее домой.

Вслѣдъ за бѣдной женщиной пришли двѣ дамы, за ними еще кто-то, еще кто-то... Андрей едва успѣвалъ укладывать въ кошелекъ деньги, полученныя за проданныя ёлки. Федя нѣсколько разъ порывался заговаривать съ нимъ, но Андрею было не до того.

— Погоди... послѣ... теперь, видишь, некогда,— останавливалъ его дѣдушка всякій разъ, какъ только онъ открывалъ свой маленькій ротикъ.

Но вотъ наконецъ выдалась удобная минутка, пока покупатели не подходили.

— Что надо?— ласково обратился старикъ къ мальчику.

— Ахъ, милый дѣдушка, у меня къ тебѣ большая просьба,— отозвался Федя, но затѣмъ сейчасъ же, какъ бы сконфузясь, остановился на полсловѣ.

— Вѣрно пристанетъ, чтобы я сдѣлалъ ему какой-нибудь подарокъ,— подумалъ про. себя Андрей, и сталъ ощупывать въ карманѣ свой туго набитый кошелекъ. Нѣсколько секундъ продолжалось молчаніе; Федѣ, повидимому, было трудно начать говорить.

— Ну, что же, что,— прибодрилъ его дѣдушка.

— Мама вчера объявила... что по случаю болѣзни папы, нынѣшній годъ Боженька ёлки намъ не принесетъ; мнѣ это очень грустно и за себя... и за Катю... Гдѣ найти Боженьку, чтобы просить у него хотя самую крошечную ёлочку — я не знаю; мама, конечно, найти его тоже не можетъ; она очень занята, да и папу нельзя одного оставить, на Катю, за которой и за самой-то необходимо присматривать — разсчитывать нечего, такъ вотъ, дѣдушка... я думалъ: не сходишь ли ты къ нему вечеркомъ, когда посправишься съ дѣлами... не попросишь ли... для тебя Онъ навѣрное сдѣлаетъ...

Андрей успокоился, онъ былъ очень радъ, что разговоръ принялъ другое направленіе, но въ то же самое время ему сдѣлалось жаль Федю.

— "Ужъ не подарить ли одну изъ ёлокъ?— мелькнуло въ головѣ старика.— Нѣтъ, нѣтъ — старался онъ немедленно отогнать мелькнувшую мысль,— это, невыгодно,— лучше вотъ что сдѣлаю — и затѣмъ добавилъ вслухъ:

— Подожди, Федюша. Я сейчасъ схожу въ булочную... мнѣ туда надо по одному дѣлу...

И прежде чѣмъ Федя успѣлъ моргнуть глазомъ, Дѣдушка Морозъ, несмотря на свои преклонные годы бросился чуть не бѣгомъ по направленію къ булочной, откуда вернулся очень скоро, держа въ рукѣ небольшой пряникъ въ видѣ сердечка, съ наклеенной сверху картинкой.

— Вотъ тебѣ отъ меня подарокъ къ наступающему празднику,— сказалъ онъ скороговоркою, обращаясь къ Федѣ.

Федя былъ въ восторгѣ и не находилъ словъ благодарить добраго дѣдушку. Онъ долго-долго пожималъ въ своей ручонкѣ его жилистую руку, называлъ его нѣжными именами и не отрывалъ глазъ Отъ пряничнаго сердца, которое казалось ему такимъ вкуснымъ, сладкимъ, ароматнымъ.

— А картинка-то, картинка какая хорошенькая, ее можно сохранить навсегда, сдѣлать рамочку изъ золотой или серебряной бумаги и булавкой пришпилить на стѣну... Да... Да... Сердце я съѣмъ, а картинку оставлю на память,— продолжалъ мысленно разсуждать самъ съ собою Федя.— Впрочемъ и сердце жаль ѣсть, развѣ Катя попроситъ половинку... ну, тамъ увидимъ, какъ и что будетъ...

Пока онъ разсуждалъ подобнымъ образомъ, изъ-за угла показалась Анна Петровна, уже безъ узелка... лицо ея было еще болѣе взволновано, но Федя, находясь подъ впечатлѣніемъ своего счастья, ни того, ни другого не замѣтилъ.

— Мама, посмотри, что мнѣ сейчасъ подарилъ дѣдушка,— крикнулъ мальчуганъ, поднявъ высоко надъ головою пряничное сердце.

Анна Петровна въ свою очередь поблагодарила старика, который, прервавъ ее на полу-фразѣ, спросилъ шопотомъ, много ли она выручила. На его вопросъ Анна Петровна показала нѣсколько серебряныхъ монетъ, зажатыхъ въ ладони, и отвѣтила такъ же тихо:

— Въ ломбардѣ много не даютъ; да спасибо и за то, теперь по крайней мѣрѣ у насъ нѣсколько дней хватитъ на хлѣбъ и дрова; что будетъ дальше — не знаю, но надо предположить, что хозяинъ навѣрное насъ выгонитъ съ квартиры, если мы. ему къ новому году не заплатимъ, а платить не изъ чего...

Съ этими словами бѣдная женщина глубоко вздохнула и сдѣлала знакъ Федѣ слѣдовать за нею. Федя снялъ съ себя теплый платокъ, рукавицы и съ благодарностью то и другое возвратилъ старику.

— Спасибо, милый дѣдушка, за все, за все! Не забудь, пожалуйста, исполнить мою просьбу,— сказалъ онъ на прощанье, и побѣжалъ около матери, продолжая попрежнему любоваться пряникомъ..

— Слава Богу, ушелъ! онъ меня смущалъ своими глупыми разговорами — пробормоталъ Андрей; но какъ ни старался не думать болѣе о мальчикѣ — мысль о томъ, что ему, бѣдному, предстоитъ печальный праздникъ, въ то время, когда другія дѣти будутъ радоваться и веселиться, не покидала его... Затѣмъ ему вдругъ стало скучно, что Феди нѣтъ около, стало тяжело подумать о собственномъ одиночествѣ, и, что всего удивительнѣе, ощупывая туго набитые карманы, онъ при этомъ не чувствовалъ прежняго наслажденія.

Но вотъ на городскихъ часахъ пробило восемь, Андрей рѣшилъ отправиться домой.

Придя въ свою крошечную коморку, напоминавшую собою скорѣе собачью конуру, чѣмъ человѣческое жилище, онъ впервые замѣтилъ, насколько она неприглядна и неуютна... Холодно, сыро было кругомъ; вездѣ, куда ни оглянешься, царилъ страшный безпорядокъ, да иначе и требовать нельзя, онъ дома никогда не сидѣлъ, слѣдовательно, самому прибрать коморку было некогда, а прислуги онъ не держалъ, такъ какъ главная его мысль всегда заключалась въ томъ, чтобы скопить больше денегъ.

Снявъ шапку, старикъ поспѣшилъ затопить печь и разогрѣть свой скудный ужинъ; въ виду удачной торговли и предстоящаго праздника онъ на этотъ разъ, конечно, даже могъ бы позволить себѣ купить что-нибудь лишнее, но дѣдушка этого не сдѣлалъ — ему опять стало жаль денегъ... Онъ остановился посреди комнаты, на минуту о чемъ-то задумался, потомъ съ лихорадочнымъ волненіемъ подошелъ къ кровати, нагнулся и сталъ ощупывать руками довольно тяжелый желѣзный сундукъ съ потайнымъ замкомъ, который могъ открыть только онъ одинъ. Чтобы воры не унесли сундукъ онъ прибилъ его къ полу гвоздями.

Убѣдившись, что сундукъ съ сокровищемъ стоитъ на мѣстѣ, Андрей сперва затворилъ дверь на задвижку, затѣмъ завѣсилъ окно такъ, чтобы нигдѣ не было просвѣта, всталъ на колѣни, открылъ крышку и дрожащими руками началъ пересчитывать деньги. Наверху лежала подробная опись, т.-е. бумага, на которой было записано сколько именно находится наличныхъ денегъ, и даже въ какихъ монетахъ; внизу лежали червонцы.

Надо бы записать въ книжку, сколько сегодня выручилъ отъ продажи ёлокъ,— подумалъ дѣдушка,— и разложить деньги по порядку, т.-е. золотыя къ золотымъ, серебряныя къ серебрянымъ, мѣдныя къ мѣднымъ, но, собственно говоря, къ чему это? Я такъ уже старъ, что не сегодня — завтра могу заболѣть и умереть, что станетъ тогда съ моими записями и сокровищами? Взять съ собой ихъ нельзя... Какъ жаль, что у меня нѣтъ никого близкаго... ни жены, ни дѣтей, ни͡внуковъ, которымъ все это бы осталось! Да, оно, конечно, жаль; но оставивъ деньги кому бы то ни было послѣ смерти, я не могъ бы видѣть насколько этимъ осчастливилъ того человѣка, тогда какъ, подѣлившись при жизни, напротивъ, самъ бы радовался его радости, вотъ какъ, напримѣръ, сегодня, когда, потративъ цѣлыя 20 копѣекъ на покупку пряника, я раздѣлялъ восторгъ маленькаго Феди... Такъ " что же, разложить или не разложить деньги по порядку, записать или не записывать въ книжку,— проговорилъ "Дѣдушка-Морозъ" уже громко, словно спрашивая чьяго-то совѣта;— затѣмъ, махнувъ рукою, съ досадою бросилъ въ сундукъ въ общую кучу различныя монеты и захлопнулъ крышку.

Въ комнатѣ, между тѣмъ, было совершенно темно; пришлось зажечь свѣчку или, вѣрнѣе выразиться, оплывшій огарокъ, вставленный въ старый чугунный подсвѣчникъ.

Ужинъ стоялъ на столѣ, но Андрей къ нему даже не дотронулся; онъ спѣшилъ скорѣе раздѣться и лечь въ постель, надѣясь уснуть и успокоиться отъ своихъ тяжелыхъ думъ. Сонъ, однако, точно нарочно бѣжалъ куда-то далеко, далеко... Старикъ безпрестанно ворочался съ боку на бокъ и чѣмъ усиленнѣе старался отогнать отъ себя мрачныя думы, тѣмъ онѣ, съ своей стороны, назойливѣе и назойливѣе осаждали его сѣдую голову, и тѣмъ тяжелѣе чувствовалось полное одиночество... Одиночество, которое онъ испытываетъ съ тѣхъ поръ, какъ сдѣлался взрослымъ, и какъ, похоронивъ сначала отца, а потомъ мать, остался на бѣломъ свѣтѣ одинъ одинешенекъ, безъ роду, безъ племени...

Вотъ и двѣнадцать часовъ бьетъ въ сосѣдней квартирѣ (у дѣдушки собственныхъ часовъ не было), вотъ часъ-два-три-четыре, а онъ, бѣдняга, все не можетъ сомкнуть глазъ. Только къ утру, наконецъ, измучившись безсонницею и продрогнувъ отъ холода, "Дѣдушка-Морозъ" заснулъ крѣпкимъ, богатырскимъ сномъ. Во снѣ ему грезился Федя, сначала какъ то смутно, не ясно, но потомъ все болѣе и болѣе отчетливо; вотъ онъ подходитъ къ нему, беретъ за руку и говоритъ тихо, вкрадчиво:

"Дѣдушка, ты исполнилъ мою просьбу, просилъ у Боженьки для меня маленькую ёлочку... ну, говори же, говори скорѣе,— просилъ? Да? Дастъ Онъ? Не откажетъ?

"Другъ мой, развѣ Господь Богъ можетъ уважить просьбу такого нехорошаго, злого человѣка, какъ я,— отвѣчалъ Андрей, обливаясь слезами.

"Какъ, нехорошаго и злого? Кто тебѣ сказалъ, что ты и злой, и нехорошій, это неправда, дѣдушка, неправда ".

И, какъ бы желая защитить Андрея отъ какого то, невидимаго врага, Федя крѣпко охватилъ его за талію и началъ душить въ объятіяхъ.

Но вотъ позади послышался шорохъ. Старикъ постарался высвободиться изъ объятій своего маленькаго друга, обернулъ голову и увидалъ въ нѣсколькихъ шагахъ отъ себя неизвѣстно откуда появившагося ангела съ прекраснымъ миловиднымъ лицомъ и бѣлыми прозрачными крылышками.

Столько святости, столько чего-то теплаго, задушевнаго сказывалось въ его взорѣ! Старикъ протянулъ къ нему обѣ руки, хотѣлъ схватить за край бѣлоснѣжной одежды, но ангелъ тихонько отстранилъ его и, показавъ на хорошо знакомый сундукъ съ потайнымъ замкомъ (не извѣстно почему тоже очутившимся здѣсь) серьезно погрозилъ пальцемъ.

Тутъ Андрей открылъ глаза и проснулся. Голова его была тяжела, онъ дышалъ прерывисто, а сердце билось такъ скоро и усиленно, что, казалось, хотѣло выскочить...

— Фу, какой тяжелый сонъ, такого давно не запомню!— вскричалъ старикъ и, быстро соскочивъ съ кровати, безъ завтрака, едва успѣвъ помолиться Богу,— совершенно машинально отправился на базаръ, чтобы распродать послѣднія оставшіяся у него ёлки: ихъ было всего шесть, не считая седьмую маленькую, которую онъ почему-то все отставлялъ въ сторону и старался никому не показывать.

По прошествіи самаго непродолжительнаго времени всѣ шесть ёлокъ оказались распроданными; старикъ сунулъ вырученныя деньги въ карманъ и только-что намѣревался взвалить маленькую ёлочку на плѣчи, чтобы съ нею идти домой, какъ вдругъ къ нему подошла одна знакомая дама и просила немедленно доставить къ ней на квартиру ёлку.

— Простите, сударыня, не могу исполнить вашей просьбы,— отозвался Андрей,— такъ какъ ёлки всѣ распроданы.

— Какая жалость; ну, если у васъ нѣтъ большой, то продайте мнѣ хоть вотъ эту маленькую.

— Не могу.

— Почему?

— Она тоже почти что продана... возразилъ старикъ съ запинкой и опуская книзу глаза.

— Это ничего не значитъ, по знакомству вы мнѣ ее все-таки продайте,— настаивала дама.— Я имѣю преимущество передъ другими покупательницами, такъ какъ всегда покупаю у васъ.

Андрей отрицательно покачалъ головою.

— А если я вамъ за нее дамъ двойную цѣну; во-первыхъ, потому, что она мнѣ нравится, а во-вторыхъ, потому что не имѣю времени идти далѣе. Вотъ деньги, берите.

И она сама сунула ему въ руки два серебряныхъ рубля, а затѣмъ, не давъ опомниться, почти вырвала у него елку и удалилась.

Старикъ, видимо недовольный, направился домой.

Несмотря на то что продажа послѣдней маленькой ёлочки была для него крайне выгодна, онъ этому нисколько не радовался. Вмѣсто того, чтобы бережно спрятать вырученныя деньги въ сундукъ, какъ бывало раньше, теперь онъ объ этомъ даже не подумалъ; деньги лежали въ карманѣ, а онъ, вспомнивъ. про то, что утромъ ушелъ изъ дому безъ завтрака, спокойно сѣлъ къ столу, но и завтракъ на этотъ разъ тоже не прельщалъ его, несмотря на то, что состоялъ изъ любимаго блюда, т.-е. изъ кваса и накрошенныхъ туда огурцовъ, которые. онъ самъ себѣ купилъ мимоходомъ.

— Зачѣмъ эта противная дама вырвала у меня маленькую ёлочку?— вскричалъ онъ вдругъ, положивъ ложку и выскочивъ изъ-за стола:— я недаромъ вѣдь отставлялъ ее въ сторону... недаромъ... недаромъ... Мнѣ хотѣлось отнести ее Федѣ, купивъ въ добавокъ яблоковъ, золотыхъ орѣховъ и еще кое-какого лакомства. Какъ бы онъ порадовался, а теперь что же? Знаетъ, ужъ нельзя.

Проговоривъ эти слова, старикъ развелъ руками, глаза его уставились въ одну точку; нѣсколько минутъ онъ стоялъ неподвижно, затѣмъ, словно что-то обдумавъ и сообразивъ, схватилъ шапку, выбѣжалъ на улицу, прямо направившись къ базару, и подошелъ къ первому же торговцу ёлокъ, чтобы купить одну изъ нихъ.

Торговцы всѣ вообще знали другъ друга въ лицо, дѣдушку же Андрея каждый зналъ въ особенности. Говоря откровенно, товарищи его не любили, во-первыхъ, за то, что онъ всегда держался отъ нихъ въ сторонѣ, никогда ничѣмъ не угощалъ, не приглашалъ никого къ себѣ,— во-вторыхъ, быть можетъ, даже главнымъ образомъ за то, что онъ торговалъ счастливѣе ихъ, и что въ то время какъ къ нимъ приходило всего два, три покупателя, его осаждала цѣлая толпа.

Купецъ, около котораго онъ остановился, сухо отвѣтилъ на его поклонъ и, не поворачивая головы, спросилъ что ему надобно.

— Я желаю купить маленькую ёлочку,— отозвался Андрей.

— Ёлочку? на что, когда ты самъ торгуешь ими?

Андрей вмѣсто отвѣта выбралъ ёлку и спросилъ что она стоитъ.

Купецъ назначилъ цѣну чуть не вдвое, но Андрей даже не подумалъ торговаться, сейчасъ же досталъ деньги и, взваливъ на плечо сдѣланную покупку, скорымъ шагомъ пошелъ все прямо и прямо.

Онъ не чувствовалъ тяжести ноши, она казалась ему легкою и чѣмъ дальше онъ шелъ, тѣмъ отраднѣе становилось у него на душѣ, тѣмъ веселѣе смотрѣли на свѣтъ Божій его умные каріе глаза и тѣмъ больше хотѣлось ему какъ можно скорѣе доставить удовольствіе бѣдному маленькому Федѣ.

По дорогѣ онъ зашелъ въ магазинъ, чтобы купить яблокъ, орѣховъ и цѣлый фунтъ пряниковъ.

"Не мѣшало бы подарить Федѣ и верхнее платье, такъ какъ его теплое пальто заложено въ ломбардѣ — подумалъ старикъ: — положимъ, его можно выкупить, но, насколько мнѣ помнится, оно само по себѣ ему совсѣмъ коротко и не впору".

Сказано — сдѣлано; не откладывая дѣла въ долгій ящикъ, Андрей зашелъ въ магазинъ, гдѣ продавали готовое дѣтское платье, и за недорогую цѣну пріобрѣлъ очень приличное пальто, какъ разъ по фигурѣ Феди, котораго приказчикъ, по счастію, зналъ отлично.

"Нужно и Катюшѣ, что-нибудь купить",— продолжалъ разсуждать самъ съ собою Андрей, при чемъ невольно припомнивъ, какъ легко была одѣта вчера Анна Петровна, несмотря на трескучій морозъ, рѣшилъ для нея захватить драповую тальму, а для ея больного мужа пару-теплыхъ сапогъ. Кромѣ того, не забылъ онъ также запастись бутылочкой хорошаго вина, окорокомъ ветчины и различными вкусными колбасами. Денегъ потратить пришлось порядочно, но Андрей ихъ не жалѣлъ, онъ думалъ только о томъ, какъ бы доставить побольше радости своему маленькому другу.

— Ба, ба, ба, а про игрушки-то я и забылъ!— вскричалъ онъ вдругъ, ударивъ себя по лбу! Какая же ёлка безъ игрушекъ! Конечно, немыслимо! Скажите мнѣ, пожалуйста, сударыня, не извѣстно ли вамъ, гдѣ здѣсь по близости игрушечный магазинъ?— обратился онъ къ идущей на встрѣчу дамѣ.

— А вотъ сейчасъ заверните за уголъ, въ первомъ домѣ направо,— отозвалась дама, любезно поклонившись.

Андрей поблагодарилъ ее и пошелъ по указанному адресу.

Игрушки были закуплены, но въ концѣ концовъ поклажи оказалось такъ много, что Андрей былъ не въ состояніи снести все одинъ. Увидавъ неподалеку отъ себя на улицѣ какого-то блѣднаго, полузамерзшаго мальчика, который протягивалъ посинѣлую отъ холода ручонку и просилъ милостыню, Андрей подозвалъ его.

— Не можешь ли ты помочь мнѣ снести вещи?— сказалъ онъ ему:— я за это заплачу тебѣ.

— Съ большимъ удовольствіемъ,— отозвался мальчуганъ,— только я такъ голоденъ, что самъ едва стою на ногахъ, а потому не знаю, дойду ли...

Андрей посмотрѣлъ на него съ состраданіемъ и, вмѣсто отвѣта, молча подалъ одну изъ купленныхъ для Кати и Феди булокъ, которую мальчуганъ съѣлъ съ видимымъ наслажденіемъ.

— Теперь я чувствую себя крѣпче,— сказалъ онъ,— давайте покупки.

Андрей вмѣстѣ съ покупками сунулъ ему въ руку серебряный рубль.

— Какъ будетъ счастлива мама, когда я принесу ей столько денегъ!— радостно вскричалъ мальчикъ и, нагрузивъ себя покупками поспѣшилъ отправиться къ тому мѣсту, гдѣ находился домъ, въ которомъ жили родители маленькаго Феди.

Кругомъ на дворѣ, между тѣмъ, совершенно стемнѣло. Та часть города, куда наши путники направлялись, совсѣмъ почти не была освѣщена, и кругомъ на протяженіи довольно большого пространства царствовалъ такой мракъ, что въ двухъ шагахъ было трудно различать предметы, но какъ маленькій носильщикъ, такъ равно и старикъ — шли съ увѣренностью, они оба, очевидно, дорогу знали хорошо и менѣе чѣмъ черезъ полчаса времени достигли цѣли путешествія.

Когда они вошли въ крошечную, низенькую и холодную комнату, гдѣ жилъ Федя со своими родителями, то застали всю семью въ сборѣ. Вольной отецъ лежалъ на кровати, прикрытый, вмѣсто одѣяла какими-то жалкими лохмотьями; мать ютилась около окна, сквозь которое падалъ слабый лучъ свѣта отъ стоявшаго по близости фонаря, а Федя и его сестричка Катя молча прижимались къ нетопленной печкѣ, надѣясь, что она все-таки ихъ хотя немножко согрѣетъ.

Катя тихонько всхлипывала, а Федя стоялъ угрюмый; онъ уже больше не надѣялся, что Боженька пришлетъ ему ёлку и гостинца, такъ какъ дѣдушка навѣрное забылъ исполнить то, о чемъ онъ просилъ его. Но вотъ вдругъ кто-то постучался.

15

— Войдите, можно,— отозвалась Анна Петровна.

Дверь скрипнула, отворилась и на порогѣ показалась статная фигура "Дѣдушки-Мороза", узнать котораго въ темнотѣ было однако трудно.

— Господь посылаетъ милымъ дѣткамъ ёлочку и кое-какія лакомства,— проговорилъ старикъ тихо.

Больной приподнялся на локоть и началъ пристально всматриваться, жена его встала съ мѣста, дѣти же, не долго думая, съ громкимъ радостнымъ крикомъ бросились обнимать другъ друга, а потомъ побѣжали ближе къ двери, откуда раздавался голосъ.

Въ первую минуту имъ было немножко жутко въ темнотѣ, но затѣмъ, когда они увидѣли, что передъ ними стоитъ ихъ старый знакомый "Дѣдушка-Морозъ", то окончательно успокоились. Что касается его маленькаго спутника, то онъ, поставивъ ёлку и корзину съ провизіей и игрушками на столъ, поспѣшно куда-то скрылся.

— Не найдется ли у васъ подсвѣчника, чтобы вставить свѣчу,— обратился Андрей къ Федѣ,— здѣсь такъ темно, нельзя разобрать покупокъ.

— Подсвѣчникъ найдется, но свѣчи нѣтъ, отвѣчалъ Федя.

— Свѣча лежитъ въ корзинѣ,— продолжалъ дѣдушка и началъ развязывать корзину. Федя тѣмъ временемъ притащилъ подсвѣчникъ.

— Накрывайте на столъ,— обратился дѣдушка къ Аннѣ Петровнѣ,— сейчасъ принесутъ дровъ, надо будетъ протопить, у васъ здѣсь прохладно, а потомъ сядемъ ужинать и примемся украшать ёлку.

Только тутъ Анна Петровна и всѣ остальные догадались, какъ много дѣдушка Андрей для нихъ сдѣлалъ.

— Спасибо, спасибо, спасибо!— раздавалось отовсюду; но Андрей, не желая никакой благодарности, убѣдительно просилъ ихъ замолчать.

— Надо скорѣе приниматься за дѣло,— повторялъ онъ неоднократно, стараясь высвободиться изъ объятій Феди и Катюши.

— Что мы будемъ дѣлать прежде, ужинать или украшать ёлку?

— Елку... ёлку... ёлку...— наперерывъ другъ передъ другомъ кричали дѣти.

Въ эту минуту наружная дверь вторично отворилась, и въ комнату вошелъ спутникъ дѣдушки, а за нимъ дворникъ съ цѣлой охапкой березовыхъ дровъ, часть которыхъ сію же минуту была положена въ печку. Весело затрещали они тамъ, распространяя вокругъ и свѣтъ и теплоту; въ маленькой не задолго передъ тѣмъ холодной и неуютной комнатѣ теперь все выглядѣло совершенно иначе... Обитатели ея были довольны и счастливы, но счастливѣ всѣхъ былъ самъ Андрей, впервые испытавшій, какъ хорошо и отрадно, когда знаешь, что сдѣлалъ другихъ счастливыми...

Нѣсколько времени спустя, ёлка оказалась готовою; увѣшанная хорошенькими красными яблочками, прочими лакомствами и свѣчами, она вышла чрезвычайно красивая... дѣти не могли оторвать отъ нея глазъ и молча по очереди то тотъ, то другой обнимали Андрея.

Я говорю, молча, потому что Андрей не позволялъ имъ даже заикнуться о благодарности, а говорить о чемъ-либо другомъ они и не могли, и не хотѣли.

— Дѣдушка, вѣдь все это намъ Боженька прислалъ?— раздался наконецъ голосъ Феди, когда общее волненіе утихло.

Андрей утвердительно кивнулъ головой.

— Прислалъ по случаю завтрашняго праздника?

— Да.

— А тебѣ, дѣдушка, собственно тебѣ, что Онъ прислалъ, ты вѣдь не маленькій, ёлка тебя не занимаетъ, что же Онъ могъ прислать тебѣ?— допытывался Федя.

— Онъ мнѣ прислалъ счастье, Федюша, счастье, которое заключается въ томъ, что нынѣшній годъ я встрѣчаю великій праздникъ не одинъ и кромѣ того вижу другихъ счастливыми... Да, мой другъ, это великое, ни съ чѣмъ не сравнимое счастье; а для того, чтобы его упрочить, т.-е., такъ сказать, не выпустить изъ рукъ, оставить при себѣ навсегда, я все мое состояніе отдаю твоимъ родителямъ, и съ завтрашняго же дня переселяюсь жить съ вами, если только вы противъ этого ничего не имѣете?— поспѣшилъ онъ добавить, обратившись къ Аннѣ Петровнѣ и къ ея больному мужу, который едва сдерживая рыданіе, не будучи въ силахъ говорить, молча протянулъ Андрею свои исхудалыя руки, въ то время какъ сама Анна Петровна, обливаясь слезами радости, осыпала его безконечною благодарностью.

— Дѣдушка будетъ жить съ нами... дѣдушка будетъ жить съ нами! Радостно выкрикивали дѣтки и, взявшись за руки, начали весело припрыгивать вокругъ зажженой ёлки.

Маленькаго мальчика, который пришелъ вмѣстѣ съ

дѣдушкой, они щедро наградили яблоками, орѣхами, пряниками, однимъ словомъ, всѣмъ тѣмъ, что висѣло на ёлкѣ, самъ же дѣдушка, кромѣ того, еще далъ ему денегъ въ добавокъ къ раньше подаренному рублю.

Пиръ и веселье продолжались долго; дѣдушка вышелъ изъ квартиры Фединыхъ родителей почти около полуночи, а на слѣдующее утро снова возвратился съ тѣмъ, чтобы остаться тамъ уже навсегда. Его богатство, скопленное многими годами и запертое въ желѣзный сундукъ съ потайнымъ замкомъ, теперь сдѣлалось общимъ достояніемъ, благодаря чему ни Федя, ни Катя, ни ихъ родители больше не терпѣли ни нужды, ни холода, ни голода, а "Дѣдушка-Морозъ" попрежнему, лѣто работавшій на полѣ, а передъ Рождественскимъ праздникомъ занимавшійся продажею ёлокъ, смотрѣлъ на нихъ, радовался и каждый день благодарилъ Бога за то, что онъ хотя послѣдніе годы своей жизни проведетъ въ семьѣ и не будетъ одинокій.

Двѣ сестры

(фантастическій разсказъ)

На краю обрыва, неподалеку отъ опушки громаднаго дремучаго лѣса, величественно возвышался замокъ графа В., и тутъ же по сосѣдству, нѣсколько ниже, почти подъ горою ютилась хижина лѣсничаго, дочь котораго въ минуту этого разсказа мы застаемъ сидящею на завалинкѣ. Дѣвочку звали Лизой. Примостившись насколько возможно удобнѣе,— она составляла букетъ изъ только-что собранныхъ полевыхъ цвѣтовъ, подбирая цвѣточекъ къ цвѣточку,— листочекъ къ листочку; но затѣмъ это занятіе очевидно надоѣло ей, она пристально уставилась глазами въ графскій замокъ и задумалась... Задумалась надъ тѣмъ, почему ей было суждено судьбою родиться крестьянской дѣвочкою, а не дочерью богатаго графа?

— Досадно!— проговорила она вслухъ и какъ бы въ подтвержденіе только что сказаннаго, съ неудовольствіемъ бросила на землю цвѣты, а затѣмъ, увидавъ копошившуюся въ травѣ ящерицу, пустила въ нее камнемъ.

Такіе порывы гнѣва и нетерпѣнія у Лизы проявлялись довольно часто; старшая сестра ея, Наташа, сидѣвшая тутъ же, и боявшаяся сказать лишнее слово, чтобы окончательно не вывести ее изъ терпѣнія, молча встала съ мѣста и приподняла съ земли раненую ящерицу, которая вслѣдствіе полученнаго ушиба, совсѣмъ не могла двигаться.

— Бѣдненькая! я сейчасъ оберну тебя въ тряпку намоченную холодной водой... тебѣ будетъ легче!— проговорила добрая дѣвочка, и бережно понесла ящерицу во внутрь избушки, откуда по прошествіи нѣсколькихъ минутъ вернулась снова, чтобы подобрать раскиданные сестренкою цвѣты.

Лиза смотрѣла на нее съ насмѣшливой улыбкой, а Наташа дѣлала видъ, будто ничего не замѣчаетъ.

Наташа была только на одинъ годъ старше маленькой Лизы; между ними сходства замѣчалось мало какъ по наружному виду, такъ и по нравственнымъ качествамъ. Лизу всѣ считали почти красавицей и поощряли веселый характеръ. Наташа, напротивъ, не была ни красива, ни развязна; зато съ перваго же раза внушала къ себѣ какую-то необычайную симпатію, довѣріе, и благодаря доброму сердцу, имѣла много друзей.

Лѣтомъ, зачастую собирая въ лѣсу вмѣстѣ съ сестрою грибы и ягоды, она большую долю того и другого несла въ деревню одной слѣпой старушкѣ. Затѣмъ завтракъ дѣлила всегда съ маленькой сиротой-нищенкой, которая жила изъ милости на графской мызѣ, а когда передъ свѣтлымъ праздникомъ получала отъ матери пасху, куличъ и крашеныя яйца, то всѣмъ этимъ дѣлилась съ бѣдными, считая невозможнымъ кушать одной, какъ дѣлала обыкновенно Лиза, Зимою она кормила птичекъ зернами, которыя во время осени собственноручно выбирала изъ случайно оставленныхъ на поляхъ колосьевъ; а разъ наткнувшись въ лѣсу на раненаго зайчика, никому не говоря ни слова, каждое утро ходила дѣлать ему перевязки. Потомъ однажды нашла птенчика, выпавшаго изъ гнѣзда: бѣдняжка былъ совсѣмъ еще маленькій, весь покрытый желтенькимъ пушкомъ вмѣсто перьевъ... Широко раскрывъ ротикъ, онъ жалобно просилъ кушать. Наташа подняла его, снесла домой, положила въ коробочку, наполненную ватой, и кормила изо рта до тѣхъ поръ, пока птенчикъ наконецъ почувствовалъ силу выпорхнуть изъ окна и улетѣть на свободу.

Обѣ сестрички очень любили гулять по лѣсу, но удаляться въ глубину отецъ имъ строго запретилъ.

— Можете заблудиться, да еще въ болото попадете, спаси Богъ, тогда что? болото же здѣсь тянется на цѣлыя версты, и кромѣ того въ той части лѣса, которая его окружаетъ, говорятъ, живетъ волшебникъ...— часто повторялъ онъ имъ шутя и какъ бы запугивая.

Дѣвочки въ отвѣтъ молча улыбались; онѣ не вѣрили въ существованіе волшебниковъ, въ глубину же лѣса тѣмъ не менѣе никогда не ходили, чтобы, не сдѣлать непріятное отцу; только одинъ разъ въ жаркую полуденную пору отправились за земляникой и, сильно притомившись, рѣшились войти подальше, чтобы прилечь на полчасика отдохнуть подъ тѣнью липы. Дѣло было какъ разъ въ Ивановъ день.

— Наташа, посмотри, что это тамъ въ кустахъ копошится подъ папоротникомъ?— шепнула вдругъ Лиза сестрѣ, показывая пальчикомъ на право, гдѣ дѣйствительно шевелилось какое-то необыкновенное существо, похожее на ребенка, но только съ огромною головою, старческимъ лицомъ и съ длинною сѣдою бородой.

— Это должно быть одинъ изъ тѣхъ карликовъ, про которыхъ, помнишь, намъ разсказывала мама,— такъ же тихо отозвалась Наташа, и вставъ съ мѣста, подошла ближе къ этой оригинальной маленькой фигуркѣ, лицо, которой носило отпечатокъ сильной усталости; да это впрочемъ и неудивительно; по словамъ мамы, карлики только ночью выходятъ изъ подъ земли, гдѣ они живутъ обыкновенно, а этотъ очевидно замѣшкался, ну и притомился, къ тому же можетъ быть струхнулъ еще, увидавъ, что ему придется оставаться на поверхности земли вплоть до самаго вечера, т.-е. до тѣхъ поръ, пока кругомъ наступитъ мракъ, и онъ однимъ какимъ-нибудь заколдованнымъ словомъ заставитъ землю разступиться, чтобы спрятаться подъ ея покровомъ. Теперь же, солнечные лучи и яркій дневной свѣтъ очевидно тяжело дѣйствовали на бѣднаго карлика и совсѣмъ его истомили.

Увидавъ карлика, дѣвочки въ первую минуту испугались и хотѣли бѣжать, но затѣмъ, когда Наташа услыхала его порывистое дыханіе и увидала его высунутый языкъ, то ей стало жаль бѣднягу, она подошла ближе и спросила нерѣшительно, не хочетъ ли онъ пить?

Карликъ кивнулъ головою.

Наташа поспѣшила поднести ему кувшинъ въ которомъ была налита свѣжая холодная вода, карликъ сдѣлалъ нѣсколько глотковъ.

— Дай мнѣ чего-нибудь поѣсть, я страшно голоденъ — проговорилъ онъ тихо.

Тогда Наташа обратилась къ своей младшей сестрѣ съ просьбою отдать карлику собранную ею раньше землянику, такъ какъ больше ничего съѣдомаго подъ руками не имѣлось.

— Этого еще только недоставало!— возразила Лиза недовольнымъ тономъ:— я съ такимъ трудомъ собирала ягоды, а теперь вдругъ отдамъ ихъ какому-то старому безобразному карлику... Онъ можетъ самъ потрудиться, тутъ довольно ягодъ; и тебѣ бы не совѣтовала возиться съ нимъ. Оставь его въ покоѣ, пойдемъ лучше домой...

Но Наташа по своему доброму сердцу считала невозможнымъ бросить бѣднаго, голоднаго карлика, она начала собирать для него землянику и когда набрала достаточно, то принесла ему.

Карликъ съѣлъ ягоды-съ большимъ аппетитомъ.

— Теперь можешь уходить, я въ твоихъ услугахъ больше не нуждаюсь,— грубо обратился онъ къ своей маленькой благодѣтельницѣ, и при этомъ сдѣлалъ такую страшную гримасу, что обѣ дѣвочки бросились бѣжать отъ него.

— Онъ даже не нашелъ нужнымъ поблагодарить тебя,—

сказала Лиза, когда онѣ наконецъ выбѣжали изъ лѣса и очутились на большой дорогѣ.

— Я не жду никакой благодарности, но во всякомъ случаѣ не могу равнодушно видѣть страданій каждаго живого существа, и считаю долгомъ помочь ему.

———

Нѣсколько времени спустя послѣ вышеописаннаго приключенія, мать нашихъ двухъ сестричекъ опасно заболѣла: силы ея ослабѣвали съ каждымъ днемъ; дѣвочки очень скучали, въ особенности Наташа, она не отходила отъ ея постели ни днемъ, ни ночью, при чемъ однако успѣвала и хозяйствомъ заняться, и позаботиться объ отцѣ, на котораго болѣзнь горячо любимой жены сильно подѣйствовала.

Однажды, когда Наташа осталась вдвоемъ съ умирающей женщиной, послѣдняя подозвала ее къ себѣ и проговорила слабымъ, едва слышнымъ голосомъ:

— Я чувствую, что жить мнѣ остается недолго; на тебѣ, Наташа, какъ на старшей, лежитъ обязанность беречь отца и маленькую Лизу — не легко будетъ это исполнить, моя голубка, но надѣйся на Бога. Онъ не оставитъ тебя и во-время придетъ на помощь; помни что ты должна будешь въ домѣ замѣнить меня. Угождай отцу, онъ уже немолодъ и убитъ горемъ. Не оставляй также Лизу, старайся оградить ее отъ всякихъ опасностей. Въ жизни ихъ встрѣчается не мало, и я почему-то за нее боюсь въ особенности.

Наташа, обливаясь слезами, дала честное слово все это выполнить. Тогда умирающая женщина нѣжно прижала ее къ своему сердцу, благословила и вскорѣ скончалась.

Вмѣсто обычнаго спокойствія и тихой хорошей жизни въ хижинкѣ лѣсничаго теперь поселилось горе; всѣ ходили убитые, мрачные. Отецъ былъ глубоко потрясенъ смертью горячо любимой жены; онъ, какъ говорится, совершенно замкнулся въ самомъ себѣ, пересталъ говорить и иногда цѣлые дни молча исполнялъ свою работу, которую по вечерамъ прерывалъ только для того, чтобы сходить на дорогую ему могилу, гдѣ готовъ былъ просиживать по цѣлымъ часамъ, думая свою тяжелую думу.

Что касается Наташи, то она грустила не менѣе его, но дѣлала надъ собою усилія, чтобы не выказывать этого, и все таила на сердцѣ.

22

Образъ покойной матери стоялъ я нея передъ Гласами постоянно. Она всѣми силами старалась походить на свою дорогую маму и исполнять ея завѣтъ. Лиза же напротивъ громко выражала горе, которое у нея было вполнѣ искренно, и непритворно, но съ теченіемъ времени, благодаря своему легкомысленному характеру, она скоро успокоилась — стала попрежнему веселой, жизнерадостной, только порою жаловалась на страшную скуку и на то, что ей не съ кѣмъ слова сказать.

— Отецъ молчитъ какъ истуканъ и вѣчно серьезенъ — къ нему не приступиться, а Наташа цѣлый день занята по хозяйству, если не дома, то въ саду, ей некогда играть со мною,— твердила дѣвочка, и невольно задумывалась надъ своей горькой долей, задумывалась точно такъ какъ мы застали ее въ началѣ этого разсказа.

Она съ завистью смотрѣла въ окна графскаго замка, на крышѣ котораго развѣвался громадный голубой флагъ, означавшій, что владѣлецъ замка, который долго путешествовалъ по разнымъ странамъ, вернулся и въ настоящее время находится дома.

— Наташа, Наташа, какое счастье! вѣдь графъ пріѣхалъ!— вскричала она, подбѣжавъ къ Наташѣ: - какъ я рада, по крайней мѣрѣ хотя людей живыхъ увидимъ!

Наташа ничего не отвѣтила на замѣчаніе сестры, но въ душѣ подумала, что ей не можетъ быть нисколько веселѣе отъ того, что графъ пріѣхалъ.

— Ты, Лизочка, и безъ того бы не скучала, если бы рѣшилась чѣмъ-нибудь заняться,— сказала она ей послѣ довольно продолжительнаго молчанія.

— Можетъ быть,— насмѣшливо возразила Лизочка.

— Не выбѣлишь ли ты мнѣ полотно, которое я наткала за зиму, эта работа не трудная.

— Покорнѣйше благодарю,— съ досадой пробормотала Лиза и во избѣжаніе дальнѣйшаго непріятнаго для нея разговора поспѣшила войти въ огородъ, чтобы поболтать съ работавшею тамъ поденщицею; но поденщица оказалась на бѣду ворчлива и неразговорчива, вслѣдствіе чего дѣвочка почти сейчасъ же воротилась къ сестрѣ и снова вступила съ нею въ разговоръ.

— Я не могу разобрать, что за фигура изображена на флагѣ?— спросила она ее.

— На немъ изображенъ карликъ; это графскій гербъ,—

отвѣчала Наташа.— Развѣ ты не слыхала легенды, которая сложилась по этому поводу?

— Нѣтъ, разскажи пожалуйста.

— Съ удовольствіемъ.

— А отъ кого ты сама ее узнала?

— Отъ покойной мамы.

— Разскажи, разскажи пожалуйста!

— Изволь!— и присѣвъ на завалинку ближе къ Лизѣ, Наташа начала свой разсказъ слѣдующимъ образомъ:

"Нашъ графъ и его предки не всегда были настолько богаты и могущественны, какъ нынче; напротивъ, въ продолженіе многихъ и очень многихъ лѣтъ они, какъ говорятъ здѣшніе старожилы, бѣдствовали, вслѣдствіе чего графинямъ самимъ не рѣдко приходилось сидѣть за работою иногда до поздней ночи и собственноручно шить себѣ бѣлье и костюмы.

"Однажды случилось такъ, что одна изъ нихъ до того утомилась работою, что заснула за столомъ и вѣроятно проспала бы очень долго, еслибъ вдругъ не почувствовала, что кто-то осторожно прикоснулся къ ея плечу. Открывъ глаза, она увидѣла передъ собою карлицу, которая держала въ рукахъ что-то блестящее. Сначала графинѣ показалось будто это фонарь, но затѣмъ, всмотрѣвшись ближе, она вмѣсто фонаря увидѣла громаднаго размѣра брильянтъ, который поразилъ ее своимъ необычайнымъ блескомъ.

"Что тебѣ надобно?— спросила графиня.

"Карлица умоляла графиню слѣдовать за ней, объяснивъ, что одинъ изъ ея внуковъ опасно заболѣлъ, и что родители больного малютки находятся въ отчаяніи

"Старая графиня, вынянчившая всѣхъ своихъ дѣтей и имѣвшая большія познанія въ медицинѣ, могла дать разныя полезныя указанія и совѣты. Потому-то карлица и пришла просить ея помощи.

"Графиня встала съ мѣста и послѣдовала за нею. Благодаря блеску громаднаго брильянта, наши путницы свободно вошли въ длинный подземный корридоръ, идти по которому имъ пришлось довольно долго; но вотъ карлица наконецъ остановилась около свода, освѣщеннаго точно такъ же громаднымъ рубиномъ. Подъ этимъ сводомъ графиня увидѣла лежащаго больного ребенка; какъ человѣкъ опытный, она сейчасъ поняла болѣзнь ребенка и сообразно ей дала лѣкарство, такъ какъ захватила съ собою небольшую карманную аптечку; послѣ перваго же пріема ребенокъ почувствовалъ себя легче и вскорѣ совсѣмъ поправился; тогда карлица изъ благодарности принесла ей столько золота и драгоцѣнныхъ камней, что графиня сдѣлалась одной изъ самыхъ богатыхъ и могущественныхъ женщинъ во всей странѣ, за что, въ свою очередь желая отблагодарить карлицу, отдала приказаніе вышить на своемъ гербѣ изображеніе карлика и кромѣ того ежегодно въ Ивановъ день выставлять въ лѣсу для всѣхъ живущихъ тамъ карликовъ столы, уставленные различными вкусными блюдами и напитками.

"Такимъ образомъ повторялось изъ года въ годъ, при чемъ каждый разъ встрѣчалась необходимость заказывать новые столы, такъ какъ вмѣстѣ съ вкусными кушаньями и сладкими напитками, послѣ каждаго торжества исчезали и сами столы..."

На этихъ словахъ къ великому неудовольствію маленькой Лизы разсказъ Наташи долженъ былъ прерваться; она увидѣла входившаго во дворъ отца и поспѣшила отправиться въ хижину, чтобы приготовить ему обѣдать.

— Что новаго въ графскомъ замкѣ?— обратилась тогда Лизочка къ отцу.

— Тамъ всё въ большой тревогѣ.

— Почему?

— Малютка-сынокъ графа страшно тоскуетъ но своей нянькѣ, которая вчера уѣхала отъ нихъ на родину; говорятъ, несчастный ребенокъ ничего не ѣстъ, никого къ себѣ не подпускаетъ, кричитъ цѣлыми днями и только тогда успокоится, когда сидитъ на рукахъ отца или матери; по приказанію графа, въ замокъ чуть не каждый часъ приводятъ новыхъ нянекъ изо всѣхъ окружныхъ деревень, но ни одна не нравится малюткѣ; сама же графиня до того измучилась, таская ребенка, что съ непривычки чуть не заболѣла, а графъ просто въ отчаяніи.

— Когда я собирался уходить изъ замка, то старый дворецкій пришелъ къ нему съ докладомъ, что завтра наступаетъ Ивановъ день, и надо позаботиться приготовить все для карликовъ.

— Графъ какъ крикнетъ на него, какъ топнетъ ногою, такъ дворецкій отъ страха даже въ лицѣ измѣнился.

"Этотъ глупый обычай давно пора прекратить! Ни какихъ столовъ готовить не позволю!— кричалъ онъ во все горло. Подъ видомъ воображаемыхъ карликовъ, кушанья и напитки съѣдаются и выпиваются Богъ знаетъ кѣмъ, довольно мы позволяли себя дурачить, довольно довольно... больше этого не будетъ, я строго-настрого приказываю прекратить комедію!"

Лизочка слушала отца съ большимъ интересомъ, но такъ какъ Наташа скоро позвала его обѣдать, то и тутъ до конца дослушать опять таки ей не удалось.

Въ замкѣ между тѣмъ дѣйствительно шелъ шумъ, гамъ и переполохъ: призванныя со всѣхъ сторонъ нянюшки, старыя и молодыя, красивыя и некрасивыя, добивались разрѣшенія быть представленными маленькому графчику. Каждой изъ нихъ хотѣлось попасть въ милость, такъ какъ уже одинъ наружный видъ графскаго замка сулилъ въ будущемъ не мало выгодъ, но графчикъ ни на одну изъ нихъ не обращалъ вниманія, продолжая плакать и кричать попрежнему.

— Господи, да что же это такое будетъ!— повторяла бѣдная графиня, какъ говорится въ конецъ измученная страданіями капризнаго сынишки.

— Попробуемъ взять его немного прокатиться,— предложилъ графъ,— быть можетъ свѣжій воздухъ на него подѣйствуетъ благотворно?

— Можетъ быть,— согласилась графиня.

Графъ сейчасъ же приказалъ заложить фаэтонъ и поѣхалъ кататься въ сопровожденіи графини и маленькаго сына.

Пара рослыхъ вороныхъ лошадей быстро мчала ихъ впередъ. Первое время прогулка дѣйствительно какъ будто нѣсколько успокоила мальчика, но затѣмъ онъ принялся кричать и плакать пуще прежняго.

Чѣмъ больше его уговаривала мать, тѣмъ сильнѣе онъ надрывался, надрывался до того, что даже охрипъ.

— Дать-бы ему хоть молочка!— сказала графиня.

— Да, но чтобы его получить, надо воротиться домой,— печально отозвался графъ.

— Ежели Вашему Сіятельству будетъ угодно, то можно спросить молока у нашего лѣсничаго, онъ держитъ корову,— почтительно проговорилъ сидѣвшій на козлахъ рядомъ съ кучеромъ ливрейный лакей.

Графъ очень обрадовался и приказалъ ѣхать прямо къ хижинѣ лѣсничаго, гдѣ первая ихъ встрѣтила Лиза. Пораженная видомъ изящнаго экипажа и красивыхъ лошадей, она такъ и уставилась въ нихъ глазами и отъ удивленія не могла проговорить ни слова.

Лакей тѣмъ временемъ проворно соскочилъ съ козелъ, чтобы попросить у нея стаканъ молока.

Тогда Лиза, опомнившись проговорила въ отвѣтъ "сейчасъ", побѣжала къ Наташѣ, и взявъ стаканъ парного молока, поставила его на тарелку, а рядомъ положила прекрасную бѣлую розу.

— Извольте,— проговорила она съ почтительнымъ поклономъ, поднося тарелку графинѣ.

Маленькій Коля — такъ звали малютку-графа — пристально взглянулъ на Лизу, пересталъ плакать, улыбнулся и протянулъ къ ней свои пухленькія ручонки. Родители, конечно, этому несказанно обрадовались и спросили его, не хочетъ ли онъ, чтобы Лиза поступила къ нему няней.

Малютка весело улыбнулся, кивнулъ головкой и тихо проговорилъ: "Хочу — эта няня мнѣ очень нравится".

Тогда графъ и графиня въ одинъ голосъ стали просить дѣвочку сейчасъ же ѣхать съ ними, и послали за ея отцемъ, который только-что ушелъ на поле.

Отцу тяжело было. отпускать Лизочку служить, но она такъ просила его согласиться, что о противорѣчіи нечего было думать, да къ тому же идти противъ желанія графа онъ считалъ невозможнымъ и потому, конечно согласился.

Лиза, какъ говорится, была на седьмомъ небѣ и считала, что счастливѣе ея не можетъ быть человѣка во всемъ мірѣ. Не заходя домой, не простившись съ сестрою и наскоро поцѣловавъ отца, она весело прыгнула въ коляску и покатила по направленію къ графскому замку.

Ей казалось, что все это сонъ, а не дѣйствительность. Она боялась пробужденія, и чтобы скорѣе уѣхать, ничего не взяла съ собою изъ вещей, тѣмъ болѣе, что графиня обѣщала на первый случай дать все необходимое.

Чѣмъ ближе подъѣзжалъ фаэтонъ къ замку, тѣмъ она чувствовала себя довольнѣе и о домашнихъ даже не вспоминала... А отецъ ея тѣмъ временемъ ходилъ взадъ и впередъ около хижины, печальный, задумчивый. Что касается Наташи, то она уткнувшись головой въ подушку, горько плакала.

———

Лизѣ жилось въ замкѣ прекрасно. Маленькій графъ полюбилъ новую няню всѣмъ сердцемъ, и каждый разъ какъ она брала его на руки, громко выражалъ свой восторгъ. Самъ графъ и графиня совершенно успокоились и конечно относились къ Лизѣ вполнѣ ласково; графиня подарила ей розовое шелковое платье, прелестный черный зонтикъ, хорошенькій бѣлый передникъ съ пропіявками, а графъ собственноручно надѣлъ ей на шею жемчужныя бусы.

Обѣдъ Лиза получала съ графскаго стола, а помѣщеніемъ пользовалась по сосѣдству съ маленькимъ воспитанникомъ, къ которому, кромѣ нея, былъ приставленъ цѣлый штатъ прислуги, вмѣстѣ съ тѣмъ услуживавшей и ей. Малѣйшее ея желаніе исполнялось моментально, благодаря чему она напустила на себя такую важность, что стала неузнаваема и объ отцѣ и еестрѣ совершенно перестала думать.

Прежде, т.-е. въ началѣ своего переселенія въ графскій замокъ, отправляясь кататься съ маленькимъ графомъ, она всегда просила кучера, хоть на минуточку, остановиться около домика отца, и не выходя изъ экипажа, разговаривала съ нимъ и съ Наташей, хотя и тогда уже отъ нея вѣяло какимъ-то холодомъ, но потомъ — впослѣдствіи и эти кратковременныя свиданія стали надоѣдать ей, такъ что она уже приказывала кучеру нарочно ѣхать по другой дорогѣ.

— Глупая дѣвочка, чуждается родного отца,— думалъ про нее кучеръ, но громко выразить свою мысль не смѣлъ, боясь разсердить Лизу, дурное расположеніе духа которой всегда отражалось на маленькомъ графѣ, въ виду чего не только прислуга, но даже самъ графъ и графиня смотрѣли ей въ глаза и исполняли малѣйшее ея желаніе.

Такимъ образомъ продолжалось довольно долго. Лиза была совершенно счастлива, Наташа тоже начала привыкать къ своему одиночеству. Все шло хорошо и благополучно до тѣхъ поръ, пока однажды вдругъ случилось слѣдующее, совершенно неожиданное обстоятельство.

Поздно вечеромъ, когда отецъ Лизы и Наташи уже собирался ложиться спать, въ избушку кто-то тихо постучался.

Наташа пошла отворить дверь и къ крайнему своему изумленію увидала передъ собою того самаго мальчика-сиротку, которому когда-то отдавала свой завтракъ, и который теперь служилъ поваренкомъ на графской кухнѣ.

— Что случилось?— спросила она его съ удивленіемъ.

— Маленькій графъ пропалъ безъ вѣсти; въ замкѣ всѣ подозрѣваютъ, что Лиза занесла его куда-нибудь въ лѣсъ и бросила,— прошепталъ поваренокъ дрожащимъ голосомъ.

Наташа схватилась за голову, но не желая встревожить отца, который уже ложился спать, скрыла отъ него ужасную новость, сказавъ только будто Лизочка немного прихворнула и проситъ навѣстить ее.

— Ежели я не вернусь черезъ часъ или полтора, то значитъ

заночую въ замкѣ,— ты, папа, не тревожься,— сказала она отцу на прощанье, и еле держась на ногахъ отъ сильнаго волненія, послѣдовала за поваренкомъ.

Несмотря на поздній часъ, въ замкѣ никто еще не ложился; всѣ находились въ страшномъ смятеніи.

На вопросъ Наташи, что случилось, прислуга повторила то же самое, что сейчасъ говорилъ мальчикъ.

Наташа пожелала, однако, узнать подробности, и вотъ что ей разсказалъ дворецкій:

"Сегодня утромъ Лиза по обыкновенію отправилась съ ребенкомъ гулять въ паркъ, но не прошло и 1/4 часа, какъ она вернулась обратно блѣдная, взволнованная, и обливаясь горючими слезами заявила домашнимъ, что ребенокъ пропалъ безъ вѣсти.— "Я только на одну секундочку оставила его подъ кустомъ на травѣ, говорила она всхлипывая, отошла недалеко, и когда вернулась, то его уже не было; больше ничего не знаю!"

Наташа съ удивленіемъ пожимала плечами.

Графъ и графиня находились въ полномъ отчаяніи, они были твердо убѣждены, что Лиза продала ребенка бродившимъ по близости цыганамъ, и немедленно засадили ее въ тюрьму, сказавъ, что не выпустятъ оттуда до тѣхъ поръ, покуда ребенокъ не найдется; туда ей приказано было подавать кружку воды и кусокъ чернаго хлѣба, при чемъ строго запрещено видѣться " съ кѣмъ бы то ни было.

Наташа принялась упрашивать дворецкаго хоть на одну минуточку пустить ее къ сестрѣ. Дворецкій на всѣ ея просьбы только съ досадою махалъ руками; тогда не видя другого исхода, она бросилась къ самому графу, но графъ грубо оттолкнулъ ее.

— Довольно съ насъ одной обманщицы и убійцы!— вскричалъ онъ сердито топнувъ ногою.

Послѣ этого Наташѣ ничего не оставалось, какъ вернуться домой. Выйдя изъ замка, она чувствовала себя въ высшей степени несчастной, разбитой, прилегла на траву, закрыла лицо руками и горько заплакала, но тутъ вдругъ кто-то тихо подошелъ къ ней сзади и дернулъ за рукавъ, она обернулась и увидала передъ собою того самаго карлика, котораго недавно поила водою и кормила земляникой; онъ знакомъ руки пригласилъ ее слѣдовать за нимъ, но Наташѣ сдѣлалось почему-то страшно; вмѣсто того, чтобы исполнить это желаніе, она быстро соскочила съ мѣста и сдѣлала нѣсколько шаговъ назадъ.

— Небойся,— сказалъ карликъ,— въ благодарность за то,

что ты не дала мнѣ умереть съ голоду и напоила, я тайнымъ ходомъ провожу тебя къ сестрѣ; желаешь?

Наташа въ знакъ согласія кивнула головой.

— Я сію минуту сбѣгаю за ключемъ,— продолжалъ карликъ и моментально скрылся изъ виду, но затѣмъ по прошествіи самаго непродолжительнаго времени, явился снова, держа въ рукахъ цѣлую связку ключей.

— Пойдемъ!— обратился онъ къ своей спутницѣ и началъ спускаться подъ гору. Наташа слѣдовала за нимъ нетвердыми шагами... Вотъ они вошли въ какой-то длинный подземный корридоръ; шли-шли и наконецъ остановились около окованной желѣзомъ двери, отворивъ которую, Наташа увидала свою маленькую сестренку сидящею у открытаго, окна. Въ одномъ углу лежала связка соломы, по всей вѣроятности служившая ей постелью, въ другомъ стоялъ столъ и на немъ кружка съ водою и краюха чернаго хлѣба.

Кромѣ этого никакой мебели больше не было.

. Услыхавъ позади себя шорохъ, Лиза обернулась, и когда увидала сестру, то съ громкимъ рыданіемъ бросилась къ ней на шею.

Несмотря на собственное волненіе, Наташа первымъ долгомъ поспѣшила ее успокоить и затѣмъ, когда бѣдная дѣвочка наконецъ перестала рыдать, задала вопросъ, какимъ образомъ все произошло?

— Мнѣ никто не вѣритъ, всѣ обвиняютъ меня, а я ни въ чемъ не виновата... маленькаго графа унесли карлики...

— Карлики?— съ удивленіемъ спросила Наташа: — почему ты такъ думаешь?

— А вотъ сейчасъ разскажу подробно,— и дѣвочка начала разсказывать, какъ въ то время, когда она была въ паркѣ со своимъ питомцемъ, вдругъ раздался вблизи какой-то шорохъ и затѣмъ въ кустахъ показалась крошечная женщина; она была не больше моего Колюши,— продолжала дѣвочка скороговоркою,— только голову имѣла большую съ взъерошенными волосами и очень походила на того человѣка, котораго, помнишь, мы видѣли въ лѣсу; я испугалась, хотѣла бѣжать, но карлица просила не бояться, сказавъ, что принесла мнѣ и: моему маленькому воспитаннику по подарку; мнѣ она дала прелестную золотую браслетку, украшенную драгоцѣнными каменьями, а мальчику гремушку. Колюша, громко выражалъ свою радость, а карлица потребовала, чтобы, я прошла съ ней въ ея подземную комнату,.гдѣ у нея спрятана

30

шкатулка съ драгоцѣнными вещами, изъ которыхъ разрѣшила мнѣ выбрать, что пожелаю. Я хотѣла и ребенка взять съ собою, но карлица не позволила. Соблазнъ получить подарокъ былъ слишкомъ великъ; я знала, что съ маленькимъ графомъ ничего не можетъ случиться, такъ какъ разсчитывала придти назадъ черезъ нѣсколько минутъ, слѣдовательно риску никакого тутъ не предполагала. Что касается малютки, то онъ такъ увлекся новой игрушкой, что про меня повидимому забылъ и думать.

И такъ я послѣдовала за карлицей. Колючіе кустарники на каждомъ шагу преграждали намъ путь, но мы не обращали на это вниманія; наконецъ я почувствовала, что мнѣ дѣлается страшно и отказалась идти далѣе.

Карлица сначала ласково уговаривала меня слѣдовать за ней, но потомъ, когда убѣдилась въ томъ, что я этого не сдѣлаю, начала надо мною смѣяться, и въ концѣ концовъ сорвавъ съ моей руки браслетъ, исчезла въ чащѣ лѣса. Я долго еще слышала вдали ея пронзительный голосъ, и задрожавъ словно въ лихорадкѣ, пустилась бѣжать обратно къ тому мѣсту, гдѣ оставила маленькаго графа, но- со страху должно быть повернула не туда, куда,.слѣдовало, и заблудилась. Колючіе кустарники безжалостно рвали мнѣ платье, царапали лицо, руки, вцѣплялись въ волосы... Я начала изнемогать, ноги подкашивались, но это не мѣшало мнѣ все-таки бѣжать впередъ. Послѣ довольно продолжительнаго перехода я наконецъ достигла до того мѣста, гдѣ я оставила своего милаго Колю, но каковъ былъ мой ужасъ, когда его тамъ не оказалось, и когда, обыскавъ всѣ кустарники и напрасно пробродивъ по парку болѣе часу, я должна была вернуться въ замокъ одна, чтобы разсказать подробно обо всемъ случившемся. Мнѣ никто не вѣрилъ. Конечно, собственно говоря, я виновата, слѣдовало ни на минуту не оставлять малютку, но во всякомъ случаѣ обвинять меня въ томъ, будто я его продала — ужасно, въ высшей степени жестоко и несправедливо. Что теперь со мною будетъ? Помоги мнѣ, спаси меня, дорогая Наташа! Спаси ради Бога!

Наташа всѣми силами старалась утѣшить ее.

— Надѣйся на Бога,— говорила она, нѣжно цѣлуя дѣвочку въ лобикъ.— Молись, Господь поможетъ тебѣ; очевидно, ребенка дѣйствительно украли карлики, но я приложу всѣ свои старанія, чтобы его найти.

Въ это время въ дверяхъ показалась косматая голова того самаго карлика, который провожалъ Наташу въ подземелье.

— Пора уходить!— крикнулъ онъ строго,— если станетъ извѣстно, что я позволилъ вамъ видѣться, то меня отсюда прогонятъ.

Сестры принуждены были разстаться. Лизочка снова сѣла къ открытому окну и горько заплакала, а Наташа молча послѣдовала за своимъ провожатымъ.

Когда они вышли изъ тюрьмы, Наташа первымъ долгомъ поблагодарила его за то, что онъ допустилъ ея свиданіе съ сестрою.

— Не стоитъ,— отозвался карликъ,— я постараюсь сдѣлать все, что отъ меня зависитъ, чтобы смягчить жестокую участь Лизы.

— Спасибо, спасибо,— съ чувствомъ повторяла Наташа.

— Не благодари, Наташа, для такой доброй дѣвочки, какъ ты, каждому пріятно что-нибудь сдѣлать; будь покойна я тебя не оставлю — или съ Богомъ домой.

Разсуждая подобнымъ образомъ, они пришли къ большой дорогѣ, которая вела въ деревню, гдѣ жила Наташа. Тутъ она простилась со своимъ спутникомъ и тихонько, на цыпочкахъ, чтобы не разбудить отца, вошла въ хижину. Отецъ, однако, услыхалъ ея шаги.

— Что случилось? говори скорѣе, чѣмъ заболѣла Лизочка?

Наташа постаралась въ короткихъ словахъ и на сколько возможно осторожнѣе сообщить обо всемъ случившемся, но ея старанія не помогли; какъ только онъ узналъ про то, что Лизочка засажена въ тюрьму, и что ее обвиняютъ въ гнусномъ поступкѣ — съ нимъ сдѣлался обморокъ. Наташѣ стоило большого труда привести его въ чувство; въ продолженіе почти часа бѣдняга лежалъ неподвижно, точно мертвый, а затѣмъ, когда наконецъ открылъ глаза и привсталъ съ постели, то выглядѣлъ страшно измѣнившимся и словно съ разу постарѣлъ на цѣлыхъ десять лѣтъ.

Только къ вечеру удалось Наташѣ немного его успокоить.

— Господь насъ не оставитъ... Господь намъ поможетъ,— уговаривала она несчастнаго человѣка и сама мысленно рѣшила во что бы то ни стало проникнуть въ жилище карликовъ и унести оттуда, украденнаго ими малютку-графа; какимъ способомъ удастся ей это сдѣлать, она опредѣлить не могла, но исполнить это обѣщала во всякомъ случаѣ.

Приготовивъ отцу ужинъ и дождавшись, когда онъ легъ въ постель, дѣвочка тихонько вышла изъ дома; она рѣшила ничего не говорить ему о своемъ намѣреніи, такъ какъ боялась, что онъ ее не пуститъ; мимоходомъ забѣжала къ одной старушкѣсосѣдкѣ и передавъ заранѣе написанное отцу письмо къ которымъ сообщала, что должна по одному важному дѣлу отлучиться изъ дома, просила ее присмотрѣть за хозяйствомъ до тѣхъ поръ, пока она воротится.

Сосѣдка обѣщала исполнить все въ точности. Ната ша успокоилась. Она взяла съ собою маленькій пакетикъ, въ который завернула платье, платокъ и кусокъ хлѣба, набожно перекрестилась и мысленно моля у Бога милости помочь въ задуманномъ предпріятіи, несмотря на окружающій мракъ, смѣло пустилась бѣжать по направленію къ лѣсу, достигнувъ котораго уходила все дальше и дальше въ глубину густой, порою почти непроходимой чащи. О страхѣ не было и помину, но различныя неудобства и преграды встрѣчались чуть не на каждомъ шагу.

Платье ея ежеминутно зацѣпляло за сучья, ноги спотыкались о пни и кочки, длинныя развѣсистыя вѣтви деревьевъ били по глазамъ, все это въ концѣ концовъ до того притомило и обезкуражило бѣдную дѣвочку, что она чувствовала себя не въ силахъ идти далѣе; въ изнеможеніи опустилась на траву и, подложивъ подъ голову узелокъ, хотѣла заснуть до утра, надѣясь, что при дневномъ свѣтѣ ей будетъ легче продолжать дальнѣйшій путь.

Сонъ, однако, точно нарочно бѣжалъ куда-то далеко, бѣдняжка лежала въ темнотѣ съ открытыми глазами, и чѣмъ больше старалась всматриваться въ окружающіе предметы, тѣмъ ей становилось все страшнѣе.

Она начала мысленно творить молитву, мало-по-малу успокоилась, и къ великому своему удовольствію, вслѣдъ за тѣмъ скоро заснула; но сонъ продолжался не долго: ее разбудилъ шорохъ, она открыла глаза и увидѣла выходившую изъ-за кустовъ крошечную, очень нарядно одѣтую женщину, которая подошла къ ней: совсѣмъ близко и тихо прошептала:

— Я лѣсная фея; зато, что ты всегда была готова помочь ближнему и относилась ласково ко всѣмъ звѣрямъ и птицамъ, я беру тебя, подъ свое покровительство и помогу найти жилище карликовъ, гдѣ въ настоящее время находится малютка-графъ; не. бойся меня, довѣрься вполнѣ — я имѣю право явиться къ тебѣ на помощь ровно три раза. Какъ только тебѣ въ этомъ встрѣтится необходимость, возьми, и брось вотъ этотъ маленькій камешекъ на воздухъ, и я явлюсь передъ тобою, какъ листъ передъ травой!

Говоря такъ, крошечная женщина подала Наташѣ три небольшихъ остроконечныхъ, ярко-блестящихъ камешка.

Наташа въ первую минуту приняла все это за сонъ, но затѣмъ, ощупавъ камешки собственными руками, скоро убѣдилась въ дѣйствительности, и благословляя въ душѣ добрую фею, спрятала камешки въ мѣшечекъ, который постоянно носила на шеѣ и въ которомъ у нея хранилась самая драгоцѣнная для нея вещь — прядка волосъ покойной матери.

— Спасибо, спасибо тебѣ, добрая фея,— проговорила Наташа,— но фея уже не слыхала ея словъ, такъ какъ въ одну минуту куда-то скрылась.

Наташа подошла къ журчавшему по близости ручейку, наскоро умылась, причесала гребнемъ свои чудные золотистые волосы и снова пустилась въ путь.

Кругомъ было совершенно свѣтло: высокія деревья такъ пугавшія Наташу вчера,— теперь смотрѣли привѣтливо, она уже больше не спотыкалась и не зацѣплялась; настроеніе духа тоже стало иное, ее забавляло все, и шелестъ листьевъ и сами птички, весело перепархивавшія съ вѣтки на вѣтку, но больше всего забавляла ее одна хорошенькая малиновка, которая во все время перехода не переставала виться около нея, такъ близко и до того смѣло, что Наташа невольно обратила на нее особенное вниманіе, въ особенности, когда въ ту минуту какъ она, т.-е. Наташа, хотѣла свернуть съ узкой тропинки на болѣе широкую — малиновка вдругъ подняла такой жалобный крикъ, что можно было подумать, что ее убиваютъ.

Наташа съ разу поняла и догадалась, что эта птичка послана ей доброй феей съ тѣмъ, чтобы указывать дорогу — и снова пошла по узкой тропинкѣ; птичка успокоилась, взмахнула крылышками, полетѣла впередъ на извѣстное пространство и потомъ присѣла въ ожиданіи Наташи, но какъ только послѣдняя подходила ближе, сейчасъ же вспархивала снова, чтобы продѣлать то же самое. Такимъ образомъ онѣ совершали свой переходъ довольно долго; когда имъ хотѣлось кушать, то на глаза сейчасъ же являлось множество спѣлой, ароматной земляники; а когда хотѣлось пить — то являлся источникъ чудной, холодной воды... Случилось, между прочимъ, что Наташа вдругъ оцарапала себѣ ногу, кровь пошла довольно сильно, но хорошенькая малиновка поспѣшила принести ей въ своемъ клювѣ какую-то травку; дѣвочка приложила ее къ больному мѣсту и кровь моментально остановилась. Послѣ всего этого, конечно, не трудно было догадаться, что добрая фея, согласно данному обѣщанію, оказываетъ дѣвочкѣ свое покровительство.

— Спасибо, спасибо тебѣ добрая фея,-безпрестанно повторяла Наташа и все глубже и глубже уходила въ лѣсъ, который наконецъ сталъ до того густъ, что пробираться сквозь него было очень и очень трудно: деревья росли почти сплошь одно возлѣ другого, а около нихъ вездѣ торчали громадные камни, поросшіе мхомъ.

Но вотъ малиновка вдругъ съ пискомъ на нѣсколько минутъ скрылась въ кустахъ, вылетѣвъ откуда, стала пристально смотрѣть на свою спутницу словно прося не приблизиться.

Наташа исполнила желаніе птички, которая тогда "начала жалобно зачирикала, а затѣмъ, вспорхнувъ съ вѣтки, умышленно задѣла крылышками за лицо дѣвочки и скрылась изъ виду. Не подлежало никакому сомнѣнію, что цѣль путешествія была окончена, и что жилище карликовъ находится близко — оставалось только отыскать его.

Наташа принялась внимательно обшаривать кустъ, и скоро замѣтила близъ него въ землѣ довольно широкое отверстіе, заваленное камнями. Съ большимъ трудомъ сдвинула она эти камни, послѣ чего ея взорамъ представилась витая лѣстница, которая, безъ сомнѣнія, вела въ жилище карликовъ. Вся она была выложена драгоцѣнными камнями, которые до того блестѣли, что на нихъ было больно смотрѣть; прикрывъ глаза ладонью, Наташа остановилась въ нерѣшимости, она не знала, слѣдуетъ ли ей спуститься ниже или повернуть обратно...

— Какъ осмѣливаешься ты, дерзкая дѣвчонка, являться сюда! Развѣ не знаешь, какое жестокое наказаніе за это ожидаетъ тебя?— раздался надъ самымъ ухомъ Наташи визгливый голосъ карлика, который, высунувъ изъ подъ отверстія свою неуклюжую голову, прикрытую черной шапочкой, смотрѣлъ на нее злыми глазами.

— Я ищу входъ въ жилище карликовъ,— смѣло отозвалась Наташа.

— Ты кажется съума сошла! убирайся вонъ, пока я не расправился съ тобою по-своему!— громко крикнулъ карликъ и уже поднялъ руку, чтобы ударить Наташу, но всмотрѣвшись въ нее внимательно, сейчасъ же успокоился, такъ какъ узналъ въ ней ту самую дѣвочку, которая оказала ему помощь, когда онъ лежалъ въ лѣсу, изнемогая отъ голода.

— Какъ ты. сюда попала? Не могу ли я тебѣ чѣмъ-нибудь помочь?— спросилъ онъ уже совершенно другимъ тономъ.

Наташа подробно разсказала ему все. Онъ внимательно

слушалъ ея разсказъ, а когда она кончила, заговорилъ въ свою очередь:

— Твоя сестра страшно избалована, за что теперь и терпитъ наказаніе; совѣтую, какъ можно меньше о ней думать; ты же, милая, добрая, хорошая дѣвочка, получишь много золота и драгоцѣнныхъ камней, будешь жить въ полномъ довольствѣ, богатствѣ, счастьи; только опять-таки повторяю — тогда, когда перестанешь думать о ней.

— Я довольна своею жизнью, никакихъ сокровищъ не желаю,— отозвалась Наташа,— мнѣ нужно только одно — освободить сестру, а для этого, необходимо предварительно отыскать и освободить малютку-графа.

— Значитъ ты готова отказаться отъ всего, что тебѣ предложатъ?

— Положительно.

— Жаль, очень жаль; мнѣ хотѣлось порадовать тебя добрыми вѣстями, такъ какъ кромѣ этого ничѣмъ не могу быть полезенъ, занимая только скромную должность привратника въ царствѣ карликовъ и не имѣя никакого права голоса; но во всякомъ случаѣ позволь проводить тебя къ нашему королю и королевѣ, хотя при этомъ считаю долгомъ предупредить, что отъ нихъ хорошаго ждать нечего.

Наташа тѣмъ не менѣе согласилась на то, чтобы карликъ проводилъ ее въ королевскія палаты, и послѣдовала за нимъ по узкому корридору, который казался безконечнымъ и идти по которому было очень трудно, такъ какъ приходилось то спускаться, то опять подниматься по очень высокимъ и крутымъ лѣстницамъ.

— Хорошо, что здѣсь такъ свѣтло,— замѣтила Наташа, обратившись къ своему спутнику.

— Обыкновенно тутъ бываетъ еще свѣтлѣе; теперь же всѣ лучшіе драгоцѣнные камни спрятаны по приказанію короля, такъ какъ недавно неизвѣстно кѣмъ изъ нашей сокровищницы похищены три крупныхъ брилліанта,— и маленькій словоохотливый карликъ принялся подробно разсказывать, какой переполохъ произвела означенная покража въ ихъ подземномъ царствѣ.

Разсуждая подобнымъ образомъ, они наконецъ достигли большой пещеры, которая раздѣлялась на нѣсколько отдѣленій; стѣны каждаго отдѣленія были выложены изъ бѣлыхъ прозрачныхъ плитъ, а потолокъ и полъ изъ сафировъ, бирюзы и прочихъ тому подобныхъ драгоцѣнныхъ камней.

Вездѣ бродило несмѣтное количество карликовъ и карлицъ; нѣкоторые изъ нихъ занимались уборкою комнатъ, нѣкоторые ничего не дѣлали, а только съ напускною важностью ходили изъ угла въ уголъ; между ними бѣгали дѣти карликовъ, такіе крошечные, что на нихъ легко можно было наступить.

— Завтра у насъ большой праздникъ, день рожденія наслѣднаго принца,— снова заговорилъ карликъ,— только на этотъ разъ обычнаго веселья не будетъ, потому что мы всѣ слишкомъ опечалены недавней покражей.

— Да, да, это дѣйствительно для васъ должно быть непріятно,— отвѣчала Наташа, слѣдуя за своимъ спутникомъ нѣсколько сконфуженная, такъ какъ всѣ остальные карлики смотрѣли на нее удивленными глазами.

Но вотъ наконецъ Наташа услыхала гдѣ-то вдали плачъ ребенка. Узнавъ голосъ маленькаго графа, она побѣжала туда, откуда доносился плачъ — такъ быстро, что карликъ едва поспѣвалъ слѣдовать за нею. Нѣсколько минутъ спустя, взорамъ ея представилась слѣдующая картина: на роскошномъ диванѣ, покрытомъ персидскимъ ковромъ, между двумя карлицами, сидѣлъ маленькій графъ, карлицы всячески старались успокоить его, подавали блестящія игрушки, нѣжно улыбаясь, и называли самыми ласковыми именами; но ребенокъ продолжалъ плакать, вырывался изъ рукъ карлицъ и кричалъ во все горло:

"Коля хочетъ домой къ мамѣ, къ папѣ, къ нянѣ Лизѣ..."

Увидавъ Наташу, онъ подпрыгнулъ отъ радости и сталъ къ ней тянуться. Наташа взяла его на руки; карлицы по счастью не препятствовали.

— Успокойся, Колечка — теперь я знаю гдѣ ты — и скоро снесу тебя домой къ мамѣ, къ папѣ, къ нянѣ Лизѣ,— тихо прошептала дѣвочка.

Ребенокъ пересталъ плакать. Одна изъ карлицъ услыхавъ слова Наташи съ испугомъ хотѣла немедленно отнять отъ нея маленькаго Колю, но, по знаку привратника, рѣшила еще на нѣкоторое время оставить его на рукахъ дѣвочки.

— Довольно, передай ребенка кормилицамъ, пора уходить!— проговорилъ наконецъ карликъ, взглянувъ на Наташу строгими глазами.

Наташѣ было жаль разстаться съ ребенкомъ, но успокоенная мыслею, что ей теперь извѣстно гдѣ онъ находится — она молча повиновалась.

— Прощай Колечка, скоро приду за тобою и сведу домой,— прошептала она мальчику — не плачь!

37

Но мальчикъ, услыхавъ ея слова, снова разразился рыданіями; онъ не хотѣлъ болѣе оставаться у карликовъ, и чѣмъ дальше уходила отъ него Наташа, тѣмъ кричалъ громче и громче. Наташѣ было очень жаль бѣдняжку, она нѣсколько разъ хотѣла даже воротиться, но карликъ не позволялъ ей это сдѣлать и скоро ввелъ ее въ одно изъ самыхъ богатыхъ помѣщеній подземелья, которое было освѣщено еще ярче, чѣмъ всѣ остальныя; тамъ на золотомъ тронѣ, въ изобиліи украшенномъ драгоцѣнными каменьями, сидѣли король и королева въ пурпуровыхъ мантіяхъ, обшитыхъ горностаемъ; на головахъ у нихъ были надѣты золотыя короны, а король кромѣ того держалъ въ рукахъ скипетръ.

Перешагнувъ порогъ тронной залы спутникъ Наташи палъ на колѣни передъ королевской четой; онъ хотѣлъ, чтобы и Наташа послѣдовала его примѣру; но Наташа на его предложеніе отрицательно покачала головой, и ограничилась только однимъ лишь глубокимъ поклономъ.

— Кого ты привелъ сюда?— спросилъ король карлика,— что это за дѣвочка?

Карликъ въ короткихъ словахъ передалъ королю касательно маленькаго графа, все то, что намъ уже извѣстно; слушая его, король становился все сумрачнѣе и сумрачнѣе.

— Графъ получилъ вполнѣ справедливое возмездіе съ нашей стороны,— отозвался король по окончаніи разсказа карлика,— съ изчезновеніемъ малютки долженъ прекратиться его родъ — мы рѣшились на подобную месть умышленно, потому что графъ, получившій все свое громадное состояніе только благодаря намъ, выказалъ относительно насъ черствую неблагодарность.

— Что же касается нянюшки маленькаго графа, продолжалъ онъ, обратившись къ Наташѣ послѣ минутнаго молчанія,— то она точно такъ же, какъ и графъ, заслуживаетъ строгаго наказанія за то, что постоянно обращается грубо и не дружелюбно со всѣми тѣми, кто ниже ее и слабѣе; за то, что не любитъ животныхъ, за то, что мучитъ ихъ, и наконецъ за то, что такъ холодно относится къ отцу и сестрѣ, которые ее боготворятъ...

— О, пощадите, ради Бога, пощадите, вѣдь это моя сестра!— умоляла Наташа, опускаясь на колѣни.— Если она въ чемъ дѣйствительно виновата, то виновата только вслѣдствіе своей молодости, неопытности и легкомыслія; случившееся же несчастіе навѣрное заставитъ ее измѣниться къ лучшему!..

Ни король, ни королева не обратили вниманія на мольбы несчастной дѣвочки и даже ничего не отвѣчали ей; но она этимъ не смутилась и, крѣпко схвативъ руками ихъ колѣни, продолжала умолять возвратить ей ребенка, такъ какъ отъ этого зависило освобожденіе сестры, умоляла до тѣхъ поръ пока очевидно, разжалобила королеву настолько, что послѣдняя, обратившись къ мужу, что-то прошептала ему на ухо.

Король вмѣсто отвѣта кивнулъ головой, затѣмч. приказалъ привратнику отвести Наташу въ сосѣднюю залу и оставить тамъ до тѣхъ поръ, пока послѣдуетъ какое-нибудь рѣшеніе.

Цѣлыхъ два часа прошло въ томительномъ ожиданіи, Наташа начала даже терять надежду на то, что ее. вызовутъ; но вотъ наконецъ дверь скрипнула, на порогѣ показался карликъ, который знакомъ руки пригласилъ ее за собою слѣдовать.

— Мы согласны въ нѣкоторой степени уважить твою просьбу и выпустить тебя вмѣстѣ съ графскимъ сыномъ на землю; но для этого ты должна выполнить три нашихъ требованія,— сказалъ ей король.

— Согласна, тысячу разъ согласна, даже еще не зная, въ чемъ именно они заключаются,— радостно воскликнула Наташа.

— Не спѣши рѣшеніемъ; то, что мы хотимъ отъ тебя потребовать,— совсѣмъ не такъ легко!

— Приказывай только, что надо дѣлать, батюшка-король, я ни передъ чѣмъ не остановлюсь, лишь бы облегчить горе отца и печальную участь сестрицы.

— Хорошо; первымъ дѣломъ ты должна подарить мнѣ твои чудные волосы,— вмѣшалась королева,— на предстоящемъ праздникѣ они для меня послужатъ лучшимъ украшеніемъ.

— О, рѣжьте ихъ. пожалуйста!— вскричала Натапіа, вполнѣ довольная тѣмъ, что отъ нея требовали такъ немного.

— Смотри, не пожалѣй,— продолжала королева,— вѣдь если ты позволишь обрѣзать себѣ волосы, то на всю жизнь останешься съ голой головой, потому что на. тѣхъ мѣстахъ человѣческой кожи, гдѣ прикоснутся ножницы карликовъ, волосы въ другой разъ уже не вырастутъ, а между тѣмъ они такъ украшаютъ твою голову..

Слова королевы смутили Наташу, но смущеніе продолжалось не долго — мысль о томъ, что сестра, ея будетъ освобождена и можетъ оправдаться въ глазахъ графа, заставила ее позабыть собственные интересы; да въ общемъ не все ли для нея равно — оставаться съ волосами или безъ волосъ; вѣдь черезъ это ни отецъ, ни Лиза никогда не разлюбятъ ее, а до того, что скажутъ постороннie, ей не было дѣла.

— Согласна,— проговорила она вслухъ и собственноручно распустивъ волосы, спокойно ожидала появленія карлицы, которая по приказанію королевы должна была исполнить обязанность цирюльника.

Чикъ-чикъ-чикъ!— послышался металлическій звукъ ловко прыгавшихъ въ ея рукахъ ножницъ, и прядка за прядкою стали тихо падать на полъ. Когда остриженіе оказалось оконченнымъ, карлица подвела Наташу къ зеркалу.

Увидавъ себя обезображенною, Наташа невольно отступила назадъ, а королева съ восхищеніемъ подбирала волосы.

— Теперь слушай второе условіе,— сказалъ король,— на вершинѣ одной скалы, вѣчно покрытой снѣгомъ и недоступной даже для отважныхъ охотниковъ, находится орлиное гнѣздо, въ которомъ спрятанъ мой самый драгоцѣнный громадный брильянтъ,— ты должна немедленно достать его оттуда и принести ко мнѣ; но помни, что стоитъ тебѣ только сдѣлать одно неосторожное движеніе и ты можешь скатиться въ бездну, откуда живая уже не выйдешь...

Предложеніе короля заставило Наташу серьезно задуматься, но тѣмъ не менѣе, въ концѣ концовъ, она все-таки согласилась.

— Прекрасно,— сказалъ тогда король,— теперь поди немножко отдохни, успокойся и хорошенько покушай, тебѣ необходимо запастись силами, а завтра рано на зарѣ отправишься въ путь — это самое удобное время, потому что орлы тогда обыкновенно покидаютъ вершину горы, чтобы охотиться за добычей.

Съ этими словами король всталъ съ мѣста и знакомъ показалъ, что аудіенція кончена. Привратникъ увелъ Наташу, и поручивъ дворецкому, приказалъ угостить самыми вкусными блюдами. Она кушала съ большимъ аппетитомъ, затѣмъ выпила стаканъ хорошаго, крѣпкаго вина и легла на заранѣе для нея приготовленную постель съ твердымъ убѣжденіемъ, что Господь поможетъ ей выполнить тяжелую задачу.

На слѣдующій день, какъ только на дворѣ занялась утренняя заря, карликъ-привратникъ вошелъ къ ней въ комнату и осторожно разбудилъ ее.

— Вставай,— проговорилъ онъ, ласково теребя ее за руку,— позавтракай хорошенько и маршъ въ дорогу.

Дѣвочка не заставила дважды повторить себѣ предложеніе встать; наскоро перекусила, и совершенно бодрая, веселая, отправилась въ путь.

Болѣе часу шла она все впередъ и впередъ по дорогѣ, наконецъ дошла до лѣсу, гдѣ вскорѣ очутилась въ узкой долинѣ, со всѣхъ сторонъ окруженной покрытыми густымъ снѣгомъ скалами.

На вершинѣ самой высокой скалы она увидѣла орлиное гнѣздо.

"Это должно быть та скала, про которую говорилъ король", подумала дѣвочка и стала взбираться на гору, но вслѣдствіе неимовѣрной крутизны, вскорѣ почувствовала такую сильную усталость, что еле-еле передвигала ноги. Въ первую минуту она хотѣла присѣсть и отдохнуть, но потомъ раздумала, и собравъ послѣднія силы кое-какъ поплелась впередъ. Кругомъ все было тихо, покойно; но вотъ вдругъ гдѣ-то по близости раздался шорохъ; въ первую минуту она невольно вздрогнула и испугалась, по затѣмъ увидавъ передъ собою маленькаго дѣтеныша-оленя успокоилась, въ особенности, когда онъ вдругъ заговорилъ съ ней человѣческимъ голосомъ:

— Я родственникъ того оленя, за которымъ ты ухаживала, когда онъ сломалъ себѣ ногу,— пискливо пробормоталъ четвероногій малютка,— теперь моя очередь услужить: садись ко мнѣ на спину, я быстро свезу тебя на вершину горы.

Наташа, не долго думая, смѣло прыгнула на спину новаго пріятеля, и схватившись за его рога, съ быстротою вѣтра помчалась вверхъ по скалѣ; достигнувъ вершины, олень остановился.

— Тебѣ придется немножко пѣшкомъ пройти,— сказалъ онъ,— тутъ начинаются уступы, да кромѣ того я боюсь подниматься выше, потому что орлы могутъ заклевать меня, а ты или смѣло, тебя они не тронутъ, я же подожду здѣсь, чтобы потомъ прежнимъ порядкомъ довести обратно.

Наташа въ знакъ благодарности погладила оленя, и стала подниматься одна; она ступала осторожно, безпрестанно оглядываясь назадъ, чтобы не свалиться въ пропасть.

По прошествіи довольно продолжительнаго времени она наконецъ благополучно достигла вершины и къ великой своей радости скоро увидала въ пустомъ орлиномъ гнѣздѣ брильянтъ громадныхъ размѣровъ и необычайнаго блеска.

Въ одну минуту схватила она его руками, быстро спрятала на груди и хотѣла уже спускаться съ утеса, какъ вблизи раздался страшный шумъ: оказалось, что орелъ и орлица съ громкимъ пронзительнымъ крикомъ, махая своими широкими крыльями, летѣли по направленію къ гнѣзду. Замѣтивъ дѣвочку, они посмотрѣли на нее такими злыми глазами, что она пришла въ. ужасъ; гибель казалась неминуемой, еще секунда — и гадкіе, противные орлы навѣрное заклевали бы ее до смерти, ежелибъ по счастію она не вспомнила о доброй "лѣсной феѣ" и о чудодѣйственныхъ камешкахъ, которые всегда носила при себѣ.

Дрожащею рукою развязала она мѣшечекъ, и вынувъ оттуда одинъ изъ камешковъ, поспѣшила бросить его на воздухъ; послѣ чего вдругъ маленькое, раньше совершенно незамѣтное облачко мгновенно превратилось въ густую черную тучу, которая совсѣмъ скрыла Наташу отъ злыхъ орловъ, и послѣдніе, такимъ образомъ потерявъ изъ виду добычу, принуждены были ни съ чѣмъ улетѣть въ свое гнѣздо.

Наташа успокоилась: она видѣла, что опасность миновала, и хотя черныя густыя тучи виднѣлись по-прежнему надъ ея головою, но это не казалось страшнымъ въ виду того, что ослѣпительный блескъ брильянта сразу освѣтилъ собою все окружающее пространство, она могла благополучно спуститься съ утеса, гдѣ ее ждалъ олень, который безъ всякихъ приключеній доставилъ ее до долины.

— Премного и много благодарю тебя, мой добрый другъ,— сказала ему Наташа на прощанье.

— Не за-что, Наташа, я только отплачиваю тебѣ за твою доброту къ моимъ родственникамъ,— возразилъ олень и съ этими словами скрылся изъ виду, неизвѣстно куда.

Время между тѣмъ клонилось къ вечеру. Проводникъ Наташи, карликъ, ждалъ ее у опушки лѣса, чтобы провести къ королю. Онъ полагалъ въ душѣ, что она уже больше не вернется и, завидѣвъ ее, да еще съ брилліантомъ, даже закричалъ отъ радости. Велика была также радость короля и королевы, когда они узнали, что дѣвочка въ точности исполнила ихъ порученіе.

— Теперь третье условіе,— сказалъ ей король,— не менѣе трудное. Въ глубинѣ сосѣдняго лѣса, въ темной пещерѣ живетъ отвратительный драконъ, который недавно укралъ у насъ самый дорогой сафиръ. Ни одинъ карликъ со своею громадной головой не можетъ пролѣзть въ отверстіе, которое ведетъ къ его пещерѣ и, вотъ, если ты принесешь намъ этотъ сафиръ въ цѣлости, то мы отдадимъ тебѣ графскаго сына.

— Иду, иду съ большимъ удовольствіемъ!— весело отозвалась дѣвочка.

— Только не сію минуту — возразила королева; ты, вѣроятно страшно утомлена и должна непремѣнно подкрѣпиться пищей. Бобъ,— продолжала она, обратившись къ одному изъ стоявшихъ поблизости карликовъ,— проводи дѣвочку въ ея комнату и распорядись, чтобы она покушала.

Бобъ немедленно исполнилъ полученное приказаніе.

— Рано не стоитъ пускаться въ путь,— сказалъ, онъ Наташѣ, когда та кончила ужинать;— драконы имѣютъ обыкновеніе только подъ вечеръ выходить изъ пещеры.

Наташа послушалась его совѣта и на слѣдующій день, дождавшись вечера, снова приготовилась въ путь-дорогу, вполнѣ спокойная, что добрая лѣсная фея, по примѣру прошлаго, не оставитъ ее своею помощью, и съ нетерпѣніемъ ожидала, когда карликъ Бобъ прикажетъ ей отправиться.

— Успѣешь еще,— сказалъ онъ, войдя наконецъ къ ней въ комнату,— времени много, не хочешь-ли пока что осмотрѣть,— наше подземное царство я съ большимъ удовольствіемъ покажу тебѣ.

Наташа согласилась.

— Пойдемъ,— сказалъ карликъ, и они вмѣстѣ спустились въ шахты, гдѣ работало множество карликовъ. Сколько золота, серебра, драгоцѣнныхъ камней увидѣла тамъ Наташа, сколько разныхъ необычайныхъ сокровищъ, сколько парадныхъ комнатъ показалъ ей маленькій проводникъ, объяснивъ, что всѣ онѣ открывались только въ большіе праздники и торжественные дни.

По просьбѣ Наташи карликъ проводилъ ее къ маленькому графу, жалобный плачъ котораго издали доносился до ея ушей. Увидавъ ее, малютка сперва съ радостнымъ крикомъ бросился къ ней на шею, потомъ вдругъ отвернулся и проговорилъ съ досадой:— "я не хочу тебя видѣть, ты такая некрасивая".

Наташа только тутъ вспомнила про свою обезображенную голову и грустно улыбнулась.

"Сколько насмѣшекъ придется мнѣ перенести, когда вернусь на землю", мысленно проговорила она сама себѣ; "но теперь, во-всякомъ случаѣ, объ этомъ думать не время." — Пора пуститься въ путь.

Послѣднія слова она проговорила громко.

— Пора, пора!— подхватилъ карликъ и вывелъ ее изъ шахты, чтобы провести черезъ дремучій лѣсъ прямо къ ущелью.

— Теперь я долженъ разстаться съ тобою,— сказалъ онъ въ заключеніе,— желаю успѣха!— и мгновенно скрылся изъ виду.

Наташа стала оглядываться по сторонамъ и, увидавъ входъ въ пещеру, немедленно туда направилась; но входъ оказался такой узкій, что не было никакой возможности черезъ него проникнуть, а другого отверстія нигдѣ не было.

— Что теперь дѣлать!— вскричала Наташа почти въ - отчаяніи.

Въ отвѣтъ на ея возгласъ вдругъ откуда ни возьмись явилась красивая, маленькая ящерица, которая, подкралась къ ней совсѣмъ близко, сначала- посмотрѣла на нее своими умными, выразительными глазами, а затѣмъ заговорила человѣческимъ голосомъ:

— Иди за мной!

Наташа повиновалась и къ великому своему удивленію прошла въ отверстіе вслѣдъ за ящерицей почти совершенно свободно.

— Иди, иди!— продолжала ящерица, ловко пробираясь впередъ и очищая путь Наташѣ.

Такимъ образомъ онѣ продолжали идти довольно долго; наконецъ, узкій корридоръ кончился, и вмѣсто прежняго мрака, въ которомъ онѣ находились до сихъ поръ, ихъ сразу озарилъ такой ослѣпительный свѣтъ, что маленькая ящерица даже вздрогнула.

— Мы пришли къ жилищу дракона,— проговорила она скороговоркой,— дальше я не могу идти, а буду ждать тебя здѣсь; до свиданья — желаю счастливаго пути!

Наташа отправилась одна и вскорѣ очутилась передъ высокою пещерой, которая была до того наполнена какими-то особенными ядовитыми парами, что она сразу почувствовала себя словно отуманенною. Ноги ея скользили, потому что земляной полъ былъ совершенно мокрый; по такимъ же мокрымъ стѣнамъ пещеры всюду ползали змѣи, разные гады, и кругомъ распространялся удушливый запахъ плѣсени. Въ самомъ отдаленномъ углу пещеры Наташа увидала лежавшій на полу сафиръ; своимъ громаднымъ размѣромъ онъ не уступалъ размѣру того брилліанта, который она только что нашла въ. орлиномъ гнѣздѣ, а блеску распространялъ еще больше; для того чтобы подойти къ нему, ей пришлось даже закрыть глаза.

Ощупью схвативъ въ руки драгоцѣнный камень, дѣвочка уже собралась идти обратно, какъ вдругъ услыхала на противоположной сторонѣ пещеры свистъ и шипѣнье; она оглянулась и онѣмѣла отъ ужаса: передъ ней стоялъ страшный огромный драконъ. Туловище его походило на туловище крокодила, голова — на голову змѣи, а крылья — на крылья летучей мыши. Онъ стоялъ съ широко разинутой пастью, изъ которой торчало длинное лгало, и казался въ высшей степени разсерженнымъ.

Еще одна минута, и онъ навѣрное цѣликомъ проглотилъ-бы бѣдную Наташу; но послѣдняя по счастью вспомнила про то, какую чудодѣйственную силу разъ имѣлъ уже въ ея рукахъ камешекъ доброй феи, и рѣшила испробовать ее вторично.

Какъ только камешекъ былъ брошенъ ею на воздухъ, такъ она въ ту же минуту почувствовала вокругъ себя вмѣсто прежняго удушливаго запаха живительную прохладу и вслѣдъ за тѣмъ увидала, что пещера вся сплошь покрылась такимъ густымъ туманомъ, что ни дракона, ни остальныхъ, гадовъ, ни даже стѣнъ, положительно нельзя было разглядѣть, и если бы не блескъ изумительнаго сафира, то даже трудно было бы найти выходъ.

Выбравшись, однако, вполнѣ благополучно изъ пещеры, Наташа вновь увидала свою знакомую маленькую ящерицу, которая въ цѣлости доставила ее въ царство карликовъ; тогда Наташа принялась вторично благодарить ее, но ящерица, не желая слушать благодарности, мгновенно скрылась, а Наташа вошла во внутреннія комнаты. Карликъ Бобъ, давно уже безпокоившійся о ея участи, чрезвычайно обрадовался, увидавъ ее, взялъ за руку и повелъ къ королю и королевѣ, которые, замѣтивъ въ рукѣ дѣвочки сафиръ, встали съ мѣста и, сдѣлавъ нѣсколько шаговъ впередъ, пошли на встрѣчу.

Трудно описать ту радость и веселье, которыя были вызваны у карликовъ полученіемъ обратно драгоцѣннаго сафира. Они не знали чѣмъ отблагодарить Наташу и рѣшили дать въ честь нея большой праздникъ.

— Не надо, право же не надо,— говорила Наташа,— отпустите меня скорѣе домой и отдайте маленькаго графа — мнѣ ничего не надо, увѣряю васъ...

На слѣдующій день король и королева простились съ Наташей, наградивъ ее всевозможными подарками и заставивъ взять съ собою столько золота и серебра, сколько она была въ состояніи снести; нѣжно поцѣловавъ дѣвочку, королева, кромѣ того, еще подарила ей ожерелье изъ драгоцѣнныхъ камней, которое раньше носила сама; сказала, что всѣ подвластные ей карлики всегда будутъ къ ея услугамъ, и что она, т.-е. Наташа, можетъ постоянно обратиться къ нимъ за помощью.

Наташа была тронута до глубины души. Но вотъ наконецъ въ комнату вошли карлицы вмѣстѣ съ маленькимъ графомъ;

малютка громко выражалъ свой восторгъ, когда узналъ, что скоро увидитъ маму, папу и Лизу. Сперва онъ какъ будто боялся -Наташи или, лучше сказать, не Наташи, а ея бритой головы, но потомъ скоро освоился и дружески протянулъ ручки.

Простившись еще разъ съ королемъ и королевой и поблагодаривъ ихъ за всѣ оказанныя милости, Наташа взяла на руки ребенка и въ сопровожденіи карлика Боба отправилась въ путь.

Три дня лили они лѣсомъ, затѣмъ, наконецъ, разстались. Прощаніе не обошлось безъ слезъ съ той и съ другой стороны, въ особенности плакалъ карликъ, успѣвшій за это время привязаться къ доброй дѣвочкѣ.

— Ты должна дать мнѣ честное слово, каждый годъ въ Ивановъ день приходить въ лѣсъ на то же самое мѣсто, чтобы повидаться со мною — говорилъ онъ, обливаясь слезами и подавая на память отъ себя, чудный браслетъ, который просилъ носить постоянно; затѣмъ дружески пожалъ ея маленькую ручку, повернулъ обратно въ лѣсъ и въ одинъ мигъ скрылся изъ виду.

Наташа нѣсколько минутъ стояла въ нерѣшимости, не зная куда ей слѣдуетъ сперва пойти, т.-е. домой къ отцу или въ графскій замокъ — послѣднее казалось ей дѣломъ болѣе спѣшнымъ, такъ какъ она находила нужнымъ прежде всего какъ можно скорѣе возвратить сына родителямъ, а затѣмъ освободить изъ заточенія собственную сестру.

"Но куда ты пойдешь такимъ уродомъ" — шепнулъ ей, вдругъ какой-то тайный невидимый голосъ. Она невольно вздрогнула, и случайно увидавъ въ водѣ расположенной поблизости рѣчки отраженіе собственной фигуры, съ ужасомъ отшатнулась. Она никогда и раньше-то не отличалась красотою,— а теперь безъ волосъ выглядѣла уже совсѣмъ безобразною.

"Хорошо еще, ежели мои волосы отрастутъ когда-нибудь, а ежели нѣтъ? Послѣднее вѣрнѣе", мысленно проговорила сама себѣ бѣдная дѣвочка, и горько заплакала. Но тутъ вдругъ ей вспомнилась добрая лѣсная фея и она поспѣшила достать изъ мѣшечка третій камушекъ, чтобы подбросить его на воздухъ. Не прошло и минуты, какъ вдругъ откуда ни возьмись передъ лею выросъ кустъ душистой сирени, на одной изъ вѣтокъ которой она замѣтила небольшую баночку, наполненную помадой.

Поспѣшно открыть баночку и намазать содержимой:въ ней массой голову, было дѣломъ одной секунды.

"Что-то будетъ теперь... что-то будетъ теперь..." —

дрожащимъ отъ волненія голосомъ повторяла Наташа, снова подходя къ рѣчкѣ. И что же? за минуту передъ тѣмъ лишенная волосъ голова ея оказалась вся въ длинныхъ бѣлокурыхъ локонахъ.

— Наташа больше не похожа на ту некрасивую дѣвочку, которая недавно унесла меня отъ злыхъ карликовъ!— радостно вскричалъ маленькій Коля и обвивъ ручонками шею своей спутницы принялся играть ея локонами.

Наташа была совершенно счастлива, она даже боялась вѣрить своему счастію, и остановившись около перваго попавшагося на пути ручейка чтобы посмотрѣть въ водѣ отраженіе собственной фигуры, на этотъ разъ даже вскрикнула отъ радости, когда увидала, что ея миловидное личико обрамляли чудные, бѣлокурые локоны. Какъ глубоко была она благодарна доброй лѣсной феѣ, и съ какимъ восторгомъ пустилась бѣжать по направленію къ графскому замку, гдѣ всѣ встрѣтили -ее съ распростертыми объятіями.

Графъ и графиня не находили словъ выразить признательность; они плакали отъ счастія — увидавъ малютку-сына, котораго считали навсегда потеряннымъ.

Графъ первымъ дѣломъ позаботился о томъ, чтобы какъ можно скорѣе выпустить изъ тюрьмы Лизу, и когда она пришла въ ихъ покои, то началъ просить у нея прощеніе.

Лиза, отъ природы немного злопамятная, теперь послѣ всего пережитаго и перечувствованнаго, стала гораздо добрѣе, въ особенности она измѣнилась по отношенію къ сестрѣ, къ которой оставалась признательною въ продолженіе всей своей жизни.

Когда первый порывъ общей радости и веселья нѣсколько поуспокоился — обѣ дѣвочки стали прощаться съ семьей графа: имъ хотѣлось немедленно отправиться къ отцу, чтобы подробно разсказать обо всемъ случившемся. Какъ ни удерживали ихъ графъ и графиня, какъ ни уговаривали, какъ ни плакалъ маленькій Коля при мысли, что у него не будетъ больше его любимой няни, Наташа и Лиза оставались непреклонны; тогда графъ приказалъ заложить шестерку чистокровныхъ рысаковъ въ самый лучшій экипажъ, и щедро наградивъ обѣихъ дѣвочекъ подарками, отправилъ домой въ сопровожденіи ливрейнаго лакея.

Подъѣзжая къ дому, онѣ еще издали увидѣли отца, сидящаго около воротъ ихъ маленькаго домика.

Глубокая печаль выражалась на его лицѣ, бѣдняга совершенно упалъ духомъ; во все время отсутствія дочерей, онъ не зналъ какъ скоротать дни, которые ему казались цѣлыми годами. Онъ уже думалъ, что никогда болѣе не увидитъ своихъ дѣвочекъ и порою приходилъ почти въ отчаяніе при мысли, что не можетъ ничего предпринять, чтобы отыскать ихъ. Силы его начали слабѣть, онъ не спалъ по ночамъ и часто отказывался отъ пищи.

Увидавъ графскій экипажъ и сидѣвшихъ въ немъ Дѣвочекъ, онъ первую минуту не хотѣлъ вѣрить собственнымъ глазамъ, полагая, что все это сонъ; но затѣмъ, когда онѣ подбѣжали къ нему совсѣмъ близко и, обливаясь слезами радости, бросились на шею, то уже болѣе не сомнѣвался въ томъ, что это дѣйствительность.

— Господи! благодарю тебя!— воскликнулъ онъ, опустившись на колѣни передъ висѣвшимъ въ углу образомъ. Наташа и Лиза послѣдовали его примѣру; они всѣ трое были совершенно счастливы.

Жизнь ихъ потекла попрежнему тихо, мирно, спокойно; собственно говоря, теперь она потекла лучше прежняго — лучше потому, что они не только ни въ чемъ не нуждались, но могли даже назваться людьми богатыми; несмотря на все это однако, какъ самъ отецъ, такъ равно и обѣ дѣвочки охотно отдали бы все богатство и достатки за то, чтобы вернуть тѣ дни, когда съ ними жила ихъ милая, дорогая мама...

Силы старика отца стали мало-по-малу возстановляться, благодаря спокойному состоянію духа и тѣмъ неустаннымъ заботамъ, которыми окружали его обѣ дочери. Графъ и графиня остались ихъ лучшими друзьями, равно какъ и маленькій Коля, никогда не перестававшій любить свою бывшую няню.

Касательно карликовъ, графъ тоже сталъ гораздо милостивѣе, чѣмъ прежде, и каждый годъ въ Ивановъ день съ большимъ удовольствіемъ устраивалъ имъ въ лѣсу дорогой изысканный обѣдъ; графиня въ этомъ ему помогала, а Наташа, въ продолженіе всей своей жизни ни разу не нарушила обѣщанія,— наканунѣ Иванова дня ходить въ лѣсъ къ условленному мѣсту на свиданіе съ Бобомъ, который всегда передавалъ ей поклонъ отъ остальныхъ карликовъ и общую ихъ просьбу — всегда, вездѣ, во всякихъ случаяхъ обращаться къ нимъ за помощью.

Наташа искренно благодарила за вниманіе добраго Боба и прочихъ его сотоварищей, въ свою очередь посылала послѣднимъ низкіе поклоны, но за помощью обращаться къ нимъ ей ни разу не приходилось, такъ какъ она во всѣхъ отношеніяхъ была вполнѣ довольна, счастлива, покойна.

Любимая птичка

Сказка

Подъ тѣнистыми вѣтвями одной старой развѣсистой липы, однажды собралась веселая компанія маленькихъ птичекъ для того, чтобы вмѣстѣ позавтракать.

Къ заранѣе назначенному часу всѣ приготовленія оказались оконченными, и хозяева дома, если только въ данномъ случаѣ можно такъ выразиться, съ нетерпѣніемъ ожидали прибытія гостей. Хозяева же были никто иные, какъ птичка-зябликъ и его супруга. Они устраивали пиръ по случаю того, что ихъ четверо дѣтокъ, только что научились летать; на пиръ было приглашено очень много родныхъ и знакомыхъ.

Мамаша-зябликъ съ самаго ранняго утра суетилась и хлопотала по хозяйству, да и кромѣ хозяйства надо было позаботиться о томъ, какъ размѣстить гостей по вѣткамъ липы, которыя служили имъ вмѣсто креселъ и стульевъ; что касается угощенья, то оно было придумано согласно вкуса приглашенныхъ и состояло исключительно изъ зеренъ, сѣмянъ, червяковъ и различныхъ насѣкомыхъ. Всего этого было наготовлено очень много, такъ что гости не могли упрекать хозяевъ въ скупости.

Супруги-зяблики вообще среди своего птичьяго общества считались большими хлѣбосолами, и всѣ ихъ знакомые знали, что если они уже пригласятъ гостей, то и накормятъ и напоятъ въ волю.

Въ минуту моего разсказа, мамаша-зябликъ находилась въ большихъ хлопотахъ; разложивъ зернышки по вѣткамъ, она тщательно наблюдала за тѣмъ, чтобы они не скатились на землю; что касается папаши, то ему было поручено слѣдить за червяками и насѣкомыми, которые могли легко располстись въ разныя стороны прежде чѣмъ придутъ гости.

— Спрячь ихъ подъ крылья, да смотри не зѣвай, гляди въ оба,— обратилась мамаша-зябликъ къ своему супругу.

Супругъ повиновался, и распустивъ крылышки, принялся усердно запихивать подъ нихъ различныхъ червяковъ, мушекъ, мошекъ, таракашекъ. Заинтересованные невиданнымъ еще зрѣлищемъ — птенчики кружились около и смотрѣли съ удивленіемъ.

— Чего рты разинули?— прикрикнула на нихъ мамаша,—

будетъ вамъ шалить да безъ дѣла толкаться, берите примѣръ съ отца и матери, они никогда не сидятъ праздными.

Но маленькіе птенчики повидимому вовсе не были расположены слушать совѣта матери, потому что, не обращая вниманія на ея слова, продолжали свои игры и забавы попрежнему.

— Мама, Пери ударилъ меня крылышкомъ и сдѣлалъ больно!— запищалъ старшій птенчикъ, подлетѣвъ къ матери.

— Да Люлю первый ущипнулъ меня,— оправдывался Пери, едва сдерживая слезы на своихъ крошечныхъ птичьихъ глазкахъ.

— Перестаньте ссориться,— унимала ихъ мать,— теперь не время, сейчасъ навѣрное придутъ гости; помните, сегодня вы должны быть особенно умны и послушны и не забывать, что на первомъ планѣ гости,— а не вы.

— То, что ты сейчасъ сказала, мама, мнѣ совсѣмъ не нравится,— пропищалъ третій птенчикъ — я охотно съѣлъ бы приготовленное для гостей угощеніе сейчасъ же.

— И я тоже,— сказалъ въ заключеніе четвертый, самый маленькій.

Мамаша-зябликъ только что-хотѣла возразить, какъ папаша ей доложилъ, что идутъ гости, они должны были спѣшить къ нимъ на встрѣчу.

Первыми пришли ласточки, онѣ явились цѣлою семьею: отецъ, мать, бабушка, которая между прочимъ сообщила о своемъ безпокойствѣ по поводу того, что ея мужа, т.-е. дѣдушку, сильно помяла кошка и что, несмотря на это, она его все-таки привела сюда; затѣмъ тянулась цѣлая вереница дѣтей, двѣ замужнія дочери со своими семьями, свояки, свояченицы...

Хозяева даже затруднились, куда ихъ всѣхъ разсадить; но этимъ дѣло не кончилось; кромѣ ласточекъ явились еще другіе гости, и на вѣткахъ липы стало до того тѣсно, что просто негдѣ было повернуться. Гости этимъ однако не смущались, напротивъ имъ было пріятно, что хозяева пригласили всѣхъ разомъ, не дѣлая различія; они весело щебетали, сообщая другъ другу разныя новости, и въ промежуткахъ разговора клевали зернышки съ большимъ аппетитомъ.

Въ общемъ всѣ казались довольны собою и своими сосѣдями, если впрочемъ не считать одного маленькаго недоразумѣнія, которое произошло между семьею ласточекъ и такой же не менѣе многочисленной семьею воробьевъ; дѣло заключалось въ слѣдующемъ:

Воробей-мамаша, поздоровавшись съ хозяевами и съ остальными гостями, непремѣнно хотѣла занять лучшее мѣсто, но это ей не удалось, такъ какъ хозяйка указала на одну изъ низшихъ вѣтокъ, гдѣ она должна, была сидѣть согласно росписанію; въ первую минуту мамаша-воробей обидѣлась, но затѣмъ, вѣроятно разсудивъ, что всякое возраженіе скорѣе приноситъ вредъ, чѣмъ пользу, постаралась скрыть свое волненіе и вступила въ общую бесѣду.

Среди гостей находились также синицы, трясогузки, черные дрозды, которые между ними казались великанами, чижи и сплетницы-кукушки, всюду совавшія: свой носъ; несмотря на ихъ довольно красивую наружность, онѣ никому особенно не нравились, и птицы всѣ вообще ихъ не любили главнымъ образомъ за то, что онѣ имѣли обыкновеніе нести свои яйца въ чужихъ гнѣздахъ.

По вотъ съ поля прилетѣлъ веселый маленькій жаворонокъ.

— Здравствуй, дружокъ,— любезно привѣтствовалъ его зябликъ,— что такъ поздно? Мы давно тебя ожидаемъ.

— Прости; дѣла задержали, никакъ не могъ раньше вырваться,— отозвался жаворонокъ, шаркнувъ ножкой.

— А когда же прилетитъ соловей?— спрашивали гости одинъ у другого.

— Онъ обѣщалъ быть непремѣнно! иначе причинилъ бы намъ большое неудовольствіе,— поспѣшно отозвались хозяева.

— О, да, да, конечно...— И опять началось прежнее щебетанье.

— Господа, вы все разговариваете и совсѣмъ ничего не кушаете!— обратился хозяинъ-зябликъ къ своимъ гостямъ, любезно раскланиваясь.

— Благодарю покорно;— послышалось отовсюду, и милые гости, не заставляя себѣ дважды повторить предложеніе кушать, съ такимъ азартомъ бросились на угощеніе, что стали безцеремонно толкать другъ друга, каждый пробираясь впередъ. Произошло всеобщее смятеніе; сильные конечно брали" верхъ надъ слабыми; больше всѣхъ при этомъ, пострадали птенчики, но видя, съ какою назойливостью дѣйствовали ихъ родители, они старались тоже подражать имъ. Маленькій Пери и его братья позабывъ приказаніе матери оставаться сегодняшній день особенно умными, послушными и помнить, что гости должны быть на первомъ планѣ, безъ церемоніи накинулись на птенчика-воробья, стараясь вырвать у него изъ клюва крупное ячменное зерно: воробей не поддавался; началась свалка, во-время которой воюющіе малютки по неосторожности сбросили на землю находившееся на одной изъ вѣтокъ гнѣздо и подняли страшный шумъ. Родители сочли долгомъ явиться на помощь, но имъ стоило большого труда разнять ихъ. Пери съ пискомъ поспѣшилъ спрятаться подъ крылышко своей мамаши, въ то время какъ его противникъ стоялъ въ сторонѣ сконфуженный и оскорбленный.

— Пери, какъ тебѣ не стыдно поступать подобнымъ образомъ!— укоряла мамаша-зябликъ маленькаго сына.

— Да, мамочка, онъ очень уже безцеремоненъ; если бы ты видѣла, какое громадное зерно ему досталось!— старался оправдаться птенчикъ-зябликъ.

— Это ничего не значитъ, мой другъ, во всякомъ случаѣ онъ твой гость, и ты долженъ былъ уступить ему.

— Вотъ видишь, вотъ видишь!— вскричалъ тогда птенчикъ-воробей, успѣвшій оправиться отъ недавняго смущенія:— конечно я гость, и ты долженъ былъ быть со мною любезенъ, но зато я теперь наверстаю потерянное!— И пернатый малютка, возвратившись къ лежавшему поблизости ячменному зерну, принялся съ ожесточеніемъ теребить его своимъ маленькимъ носикомъ.

Родители дѣлали видъ будто сердятся на него за такой неделикатный поступокъ, но въ сущности были очень довольны: "Молодецъ, молодецъ!— повторяли они втихомолку:— кушай себѣ на здоровье!"

Е упру гамъ-зябликамъ, какъ хозяевамъ, эта исторія однако была крайне непріятна, они не знали, какъ къ ней отнесется соловей и очень боялись, что знаменитый пѣвецъ, услыхавъ о неблаговоспитанности ихъ сына, пожалуй откажется пѣть, а между тѣмъ его пѣніе такъ много доставило-бы удовольствія всѣмъ приглашеннымъ.

Грустно склонивъ головку, мамаша-зябликъ подсѣла къ супругѣ соловья, которая занимала самое почетное мѣсто, и осторожно, такъ сказать изъ далека, спросила: будетъ ли она и всѣ присутствующіе имѣть счастье сегодня слушать пѣніе ея мужа.

— Едва-ли,— отвѣчала соловьиха.

— Почему?— не безъ тревоги спросила хозяйка.

— Онъ сегодня не въ голосѣ, но ежели хотите, то я могу замѣнить его.

— Да, да, конечно, мы всѣ тебя объ этомъ просимъ.

Супруга соловья немедленно запѣла.

Кругомъ наступила тишина, всѣ слушали ее съ величайшимъ вниманіемъ, а когда она окончила, просили повторить.

Хозяева вздохнули свободнѣе; все общество снова оживилось; говоръ, шумъ и веселье начались попрежнему.

— Стоитъ ли обращать вниманіе на неразумную выходку дѣтей,— старалась поддержать мамашу-зяблика кумушка ея трясогузка:— они сами не знаютъ, что дѣлаютъ... То ли ещё бываетъ, моя дорогая, не только у насъ грѣшныхъ, а и у людей.

— Какъ будто люди лучше насъ? Нисколько!— вмѣшалась въ разговоръ малиновка.

— Нисколько... нисколько!— подхватила синичка.— Люди всѣ такіе злые, гадкіе, только и норовятъ какъ-бы учинить намъ что-нибудь неподходящее; вбили себѣ въ голову, что все на бѣломъ свѣтѣ должно принадлежать имъ однимъ, а мы не смѣй ни въ садъ залетѣть, ни на поле, ни въ огородъ... чтобы насъ пугать, чучелъ вѣдь наставили; слыхали ли вы про это, подруженьки мои милыя?

— Какъ не слыхать, слыхали: да и видать не разъ приходилось,— со всѣхъ сторонъ отозвались птички.

— А я такъ вотъ этихъ чучелъ совсѣмъ не боюсь,— весело защебетала мамаша-воробей:— люди хитры, но меня перехитрить трудно; еще прошлымъ лѣтомъ я однажды подлетѣла къ чучелѣ совсѣмъ, совсѣмъ близко, и что же вы думаете, изъ чего онѣ сдѣланы? Туловище изъ метельной палки, обмотанной тряпками, а голова изъ опрокинутой кверху дномъ крынки, поверхъ которой иногда надѣта какая-нибудь дырявая шляпа, а то такъ и ничего; у здѣшняго хозяина въ вишневомъ саду тоже стоитъ такое пугало, а я вчера на зло ему забралась на самое высокое дерево со всей своей семьей да и наклевалась досыта; совѣтую, милыя кумушки, и вамъ сдѣлать то же.

— Ты говоришь о своемъ подвигѣ такимъ торжественнымъ голосомъ, словно совершила какое-нибудь доброе дѣло,— вмѣшалась сизокрылая ласточка,— а по-моему, такъ ничего нѣтъ хорошаго причинять людямъ непріятность.

— Скажите пожалуйста какая сердобольная! А когда люди въ видѣ потѣхи разоряютъ наши гнѣзда и убиваютъ насъ — такъ это ничего?

— Умный человѣкъ ни за что безъ особенной причины не сдѣлаетъ ни того ни другого, а съ глупаго и спрашивать не стоитъ...

— Вѣрно, вѣрно изволите говорить, сударыня,— подтвердилъ черный дроздъ:— я самъ всегда за людей стою; вы только подумайте, кто бы пригрѣлъ да. прокормилъ зимою тѣхъ изъ насъ, которыя не улетаютъ въ теплыя страны, а остаются здѣсь,— ну кто? Скажите?

— Положимъ отчасти это такъ, но, тѣмъ не менѣе, не всѣ люди одинаково добры!— вскричалъ воронъ:— многіе изъ нихъ выбрасываютъ крошки вмѣсто того, чтобы отдать намъ, и не хотятъ согласиться, что каждый изъ насъ могъ бы вполнѣ этимъ насытиться; удивительно, какъ полиція, поставленная въ городахъ для порядку, не требуетъ отъ нихъ этого; будь я на мѣстѣ полиціймейстера все пошло бы иначе.— Нѣтъ, какъ вы тамъ ни разсуждайте, а человѣкъ прескверное созданіе!

— Не скажу,— возразилъ жаворонокъ:— вотъ я напримѣръ знаю одну маленькую дѣвочку, которая постоянно заботится о насъ... У нея очень добрая мама, и когда дѣвочкѣ было еще четыре года, то она уже начала наставлять ее всему хорошему.

— Около ихъ окна есть мѣстечко, гдѣ никогда не бываетъ снѣга, и вотъ зимой эта самая дѣвочка каждый день насыпаетъ туда для насъ разныя сѣмечки; кромѣ того, по приказанію матери, прелестная маленькая Нюша, такъ зовутъ дѣвочку, послѣ каждой ѣды подбираетъ всѣ крошечки и тоже выкидываетъ за окно, все для насъ вѣдь — развѣ это не доказываетъ доброе сердце? Мы, конечно, не ждемъ приглашенія, сами аккуратно являемся на даровой обѣдъ, а она, чтобы не спугнуть насъ, только тихонько выглядываетъ изъ-за занавѣски.

— Все это не подлежитъ сомнѣнію. Нюша дѣйствительно очень хорошая дѣвочка и мать ея тоже превосходная женщина,— сказала синица. Кромѣ зеренъ и крошекъ она иногда еще ухитряется вывѣсить на рамѣ кусочки мяса, и вотъ тогда-то мы задаемъ уже настоящій пиръ!

— Конечно,— подтвердилъ дроздъ серьезнымъ тономъ, не допускающимъ возраженія,— да не отъ одной твоей Нюши, а отъ людей вообще нажива бываетъ не рѣдко; я, напримѣръ, всегда радуюсь, когда они жарятъ гуся.

— Почему?

— Потому что, поѣвши гуся выкидываютъ кости, которыя остаются въ нашу пользу...

— Это случается изрѣдко; моя же Нюша заботится о насъ каждый день; послѣднее время впрочемъ я рѣдко видѣлъ ее — думаю, что она куда-нибудь уѣхала, или заболѣла, потому что выраженіе лица матери, которая теперь сама выноситъ намъ кормъ, порою бываетъ страшно задумчиво и печально.

— Твоя Нюша никуда не уѣхала, я вчера еще заглянулъ въ окошко,— возразилъ дроздъ,— и видѣлъ, что она лежитъ въ кровати больная.

Маленькій жаворонокъ склонилъ головку; очевидно извѣстіе о болѣзни любимой дѣвочки причинило ему большое огорченіе; супруга соловья это -замѣтила, и чтобы хотя немного успокоить его, поспѣшила добавить слѣдующее:

— Да ты не тревожься, сегодня утромъ, она уже выходила гулять въ садъ, хотя повидимому еще слаба, такъ какъ шла подъ руку съ няней.

— Похудѣла небось?— съ участіемъ спросилъ жаворонокъ.

— Да, щечки ввалились, но это неудивительно, столько дней провести въ комнатѣ вѣдь не весело и не полезно.

— Слава Богу, что хотя поправилась-то... Чудная, чудная она дѣвочка, я ее хорошо знаю, такъ какъ всю прошлую зиму провелъ у нея..

— О! разскажи намъ, дорогой, какимъ образомъ это могло случиться?— въ одинъ голосъ защебетали всѣ птички.— Неужели тебя поймали и засадили въ противную душную клѣтку, улетѣть изъ которой не было возможности?

Жаворонокъ отрицательно покачалъ головой; на маленькихъ глазкахъ его какъ будто навернулись слезы, можно было подумать, что ему дѣйствительно пришлось пережить въ людскомъ домѣ нѣчто тяжелое, но затѣмъ онъ проговорилъ самъ себѣ, съ глубокимъ чувствомъ: "Нюша, добрая, хорошая моя!" и о слезахъ больше не "было помину.

— Ну, ну, разсказывай скорѣе!— торопили птички.

— Дѣло было прошлый годъ зимою,— началъ разсказчикъ, почему-то перепрыгнувъ съ одной вѣтки на другую.— Зима стояла необыкновенно суровая, снѣгу выпало масса, озера и рѣки покрылись толстымъ слоемъ льда; я не зналъ куда дѣваться отъ холода и голода и чувствовалъ, что моя кровь начинаетъ застывать.

— Все это намъ дѣло знакомо,— перебила синичка,— можешь не распространяться, или лучше прямо къ цѣли, т.-е. разскажи, какъ и когда попалъ въ руки маленькой благодѣтельницы.

— Мнѣ кажется проще всего было бы, не ожидая ни отъ кого никакихъ благодѣяній, улетѣть заблаговременно въ теплыя страны, какъ дѣлаютъ благоразумныя птички,— замѣтилъ чижикъ.

— Молчи, не перебивай, дай ему договорить,— съ съ досадою остановили чижика остальные слушатели.

Чижикъ нахохлился, ему непріятно было выслушать замѣчаніе, а жаворонокъ продолжалъ:

— И такъ я два дня почти ничего не ѣлъ, вслѣдствіе чего конечно настолько ослабъ, что не могъ летать, тѣмъ болѣе, что отъ мороза у меня даже захватывало дыханіе... Увидавъ случайно открытое окно и сквозь него двѣ маленькія ручки, которыя насыпали на подоконникъ различныя зернышки и крошки хлѣба, я рѣшилъ подойти туда, собравъ свои послѣднія силы. Вмѣстѣ со мною туда же, на этотъ самый подоконникъ явилась цѣлая стая другихъ птицъ, всѣ онѣ стремились впередъ, толкая одна другую и наперебой другъ передъ другомъ хотѣли захватить кормъ; я попробовалъ сдѣлать то же самое, но отъ сильной слабости у меня внезапно закружилась голова, я потерялъ сознаніе и, словно мертвый, упалъ на подоконникъ... Долго ли продолжался мой обморокъ, опредѣлить не могу, знаю только одно, что когда очнулся, то увидалъ себя лежащимъ въ ручкѣ маленькой дѣвочки на чемъ-то мягкомъ, тепломъ и чувствовалъ, какъ кто-то дулъ мнѣ въ головку, желая этимъ привести въ сознаніе.... "Мама, посмотри, птичка жива,— раздался надъ самымъ моимъ ухомъ нѣжный голосокъ Нюши,— позволь ее снести въ теплую комнату, тамъ она навѣрно совсѣмъ оправится".

— Нѣтъ, дѣточка, не трогай,— отвѣчала мать:— слишкомъ большой переходъ отъ холода къ теплу можетъ повредить твоей бѣдной больной птичкѣ, пусть она нѣсколько времени полежитъ на подоконникѣ, только заверни ее въ вату; мы поставимъ ей туда ѣду и воду, и ты увидишь, какъ она скоро поправится.

Дѣвочка послушалась совѣта матери, и исполнила въ точности все, что послѣдняя ей говорила; я же, отогрѣвшись въ ватѣ, дѣйствительно очень скоро набралъ настолько силъ, что даже съѣлъ нѣсколько зернышекъ и выпилъ капельки двѣ-три воды.

Послѣ этого я почувствовалъ себя совершенно бодрымъ, но мнѣ не хотѣлось улетѣть съ подоконника, не поблагодаривъ Нюши, а потому я дождался, когда она снова подошла къ окну.

— Ну, что, моя крошечка, отогрѣлась?— спросила меня Нюша.

Въ отвѣтъ ей я зачирикалъ.

Тогда она осторожно взяла меня въ руки, понесла въ

комнату и посадила въ прохладное мѣстечко на окно, гдѣ я почувствовалъ себя какъ нельзя лучше, черезъ нѣсколько часовъ былъ уже совсѣмъ здоровъ и принялся напѣвать пѣсенку, стараясь этимъ выразить дѣвочкѣ свою глубокую благодарность за то, что она спасла меня отъ вѣрной гибели.

Съ тѣхъ поръ я поселился въ маленькомъ домикѣ матери Нюши и жилъ на полной свободѣ; въ клѣтку меня хотя и сажали, но дверцы постоянно оставались открытыми, такъ что я могъ свободно выходить на чистый воздухъ, когда мнѣ было угодно. Въ кормѣ я не нуждался, маленькая Нюша ухаживала за мною, и мы съ нею были большіе друзья. Ради меня она порою забывала о другихъ птичкахъ, которыя ежедневно получали отъ нея свою порцію; могъ ли я послѣ всего этого думать о томъ, чтобы покинуть свою благодѣтельницу,— конечно, нѣтъ... Я не спускалъ съ нея глазъ и интересовался каждымъ ея движеніемъ. Когда она при. мнѣ первый разъ присѣла къ письменному столу, чтобы написать письмо, я съ любопытствомъ помѣстился около; меня чрезвычайно забавляло, какъ она водила перомъ по бумагѣ и какъ послѣ этого на бумагѣ оставались черные слѣды... она черпала перомъ въ какой-то маленькой черной баночкѣ довольно густую черную воду, люди ее называютъ чернилами; мнѣ захотѣлось посмотрѣть на эту воду поближе, я тихонько вспорхнулъ съ мѣста, и только что пристроился на краю маленькой баночки, какъ вдругъ, эта баночка, вѣроятно отъ тяжести моего тѣла, перекувырнулась и чернила пролились на столъ.

— Ай, ай, ай!— громко закричала тогда Нюша; на крикъ ея прибѣжала прислуга, которая хотѣла поймать меня, но мнѣ удалось отъ нея вырваться и я въ испугѣ бросился прямо къ Нюшѣ, надѣясь'на ея защиту.

— Ахъ ты глупенькая птичка,— сказала тогда Нюша, взявъ меня на руки:— смотри на кого ты похожа, настоящій трубочистъ! вся выпачкалась — теперь придется тебѣ хорошенько выкупаться, иначе перепачкаешь и меня и все, куда ни присядешь!

Съ этими словами она осторожно опустила меня въ полоскательную чашку, наполненную холодной водой. Я дѣйствительно былъ похожъ на трубочиста: всѣ мои перья оказались выпачканными чернилами, и куда я ни садился, всюду оставлялъ большія черныя кляксы.

Во время купанья пришлось три раза перемѣнить воду; въ первой ваннѣ, которую Нюша заставила меня принять, вода, была совсѣмъ черная, въ слѣдующей уже меньше, а въ третьей наконецъ чистая.

Я чувствовалъ себя виноватымъ и инстинктивно понялъ, что сильно набѣдокурилъ, но это послужило мнѣ хорошимъ урокомъ, такъ какъ съ тѣхъ поръ я сильно боялся черной жидкости и никогда больше къ ней не подходилъ.

Увидавъ, что Нюша не сердится на меня за мою глупую выходку, я наконецъ успокоился, и наша жизнь потекла обычнымъ порядкомъ.

Къ Нюшѣ по утрамъ каждый день приходилъ учитель, который давалъ ей уроки музыки; я очень любилъ при этомъ присутствовать, и когда учитель уходилъ, принимался насвистывать тѣ самые мотивы, которые Нюша играла подъ его руководствомъ; она же въ это время всегда бывало уставится на меня своими хорошенькими голубыми глазками и смотритъ долго... долго... съ такой любовью, съ такой заботой, что мнѣ такъ и захочется сказать ей какое-нибудь ласковое слово, но бѣда — люди не понимаютъ птичьяго языка, и всѣ наши рѣчи называютъ простымъ чириканьемъ!.. Но вотъ, мало-по-малу, я къ великому моему огорченію сталъ подмѣчать, что моя маленькая благодѣтельница начала худѣть и чахнуть; то же самое очевидно подмѣчала и ея мама.

— Нюша больна — проговорила она однажды и послала за докторомъ. Докторъ прописалъ лѣкарство, должно быть горькое, противное, потому что, принимая его, Нюша всегда морщилась. Въ холодные дни она не смѣла болѣе выходить изъ комнаты и даже не подходила къ окну.

— Подожди, моя дорогая, Богъ дастъ наступитъ весна, тебѣ будетъ легче,— старалась успокоить ее мама. Нюша въ отвѣтъ матери мило улыбалась, но въ улыбкѣ ея было столько чего-то грустнаго, тоскливаго, хватающаго за сердце, что я, простая, маленькая, глупенькая птичка, и то не могла видѣть ее безъ сожалѣнія... Мнѣ становилось невыносимо тяжело, я не въ силахъ былъ совладать съ собою и, забившись куда-нибудь въ уголъ, переставалъ пѣть и сидѣлъ нахохлившись...

— Ты скучаешь, потому что находишься въ неволѣ?— говорила мнѣ тогда Нюша:— погоди, съ теплыми лѣтними днями я отпущу тебя на всѣ четыре стороны... будешь свободна!

— Да нѣтъ же, нѣтъ, хотѣлось мнѣ тогда отвѣчать моей дѣвочкѣ; но... но я вѣдь птичка... и не умѣю говорить такъ, чтобы моя рѣчь была для нея понятна!..

Время между тѣмъ шло обычной чередою; миновала зима,

миновала весна, въ концѣ концовъ наступило лѣто ее всѣми его прелестями; деревья и луга зазеленѣли, появились прекрасные цвѣты, солнышко стало свѣтить еще веселѣе, распространяя вокругъ себя не только свѣтъ, но и живительную теплоту... Нюша какъ будто чувствовала себя крѣпче.

— Дорогая моя птичка,— сказала она мнѣ однажды,— теперь я спокойно отпускаю тебя, прощай, лети съ Богомъ, куда тебѣ хочется и не забывай твоей Нюши...

Затѣмъ она открыла окно, поцѣловала меня въ головку и знакомъ руки показала, что я могу улетѣть.

Въ продолженіе нѣсколькихъ секундъ я однако не двигался съ мѣста, жаль мнѣ было покинуть свою милую дѣвочку, кажется еще минутка, и я навсегда бы отказался отъ свободы, съ тѣмъ, чтобы остаться съ нею, но тутъ вдругъ, откуда ни возьмись, явилась одна изъ моихъ родственницъ, малиновка, и, подсѣвъ ко мнѣ, начала разсказывать о томъ, какъ она устроила себѣ гнѣздо, какъ теперь высиживаетъ птенчиковъ, и какъ потомъ будетъ за ними ухаживать.

— Не стыдно тебѣ вести праздную жизнь,— сказала малиновка въ, заключеніе, и посмотрѣла на меня такъ строго, что, я невольно опустилъ глаза.

— Летимъ;со мною... перестань лѣниться... заживи своимъ домкомъ...— продолжала щебетать малиновка, не отрывая отъ меня взора.

— Хорошо! - отвѣтилъ я ей тогда съ какой-то отчаянной рѣшимостью, и взмахнувъ крылышками, улетѣлъ навсегда отъ моей Нюши...

Очутившись на свободѣ, среди роскошной зелени, окруженный такими же птичками, какъ самъ — я первое время находился точно въ чаду: все меня тѣшило, все забавляло... Я приступилъ къ устройству гнѣздышка, для чего первоначально выбралъ укромное мѣстечко, затѣмъ началъ таскать туда необходимый матеріалъ; работа подвигалась быстро; по прошествіи самаго непродолжительнаго времени, гнѣздышко было готово; глядя на него, я не могъ нарадоваться, но радость эта впрочемъ была ничто въ сравненіи съ той радостью, которую я испыталъ, когда у меня появились маленькіе птенчики. Я заботился о нихъ такъ, какъ только можетъ заботиться.самая нѣжная мамаша; несмотря на это. мысль о Нюшѣ почти меня не покидала.

"Когда птенчики мои начнутъ летать, я отправлюсь съ ними къ Нюшѣ" мысленно повторялъ я себѣ чуть не ежедневно, и дѣйствительно, какъ только мои малютки оперились и окрѣпли мы сейчасъ же полетѣли къ хорошо знакомому окошку.

Тамъ все было постарому: тотъ же подоконникъ, почти сплошь усыпанный зернами; та же чашка съ водою, та же полуоткрытая форточка, та же бѣлая занавѣска... Я смѣло опустился на подоконникъ и началъ чирикать, надѣясь этимъ привлечь вниманіе Нюши, но къ сожалѣнію труды мои пропали даромъ; Нюша къ окну не подошла, и такъ какъ мои маленькіе спутники оказались страшно трусливы, и ни за что не рѣшались не только присѣсть на подоконникъ, но даже къ нему приблизиться,— то я принужденъ былъ вмѣстѣ съ ними улетѣть обратно.

Въ продолженіе лѣта намъ жилось хорошо и привольно, но когда наступила осень и начались заморозки, то я не безъ сожалѣнія вспомнилъ о теплой комнатѣ и готовомъ кормѣ у Нюши, нѣсколько разъ уговаривалъ своихъ птенчиковъ ближи подлетѣть къ окну, но они все еще не рѣшались.

"Мама, мама, посмотри, вѣдь это мой жавороночекъ прилетѣлъ, навѣрное съ своими дѣтками..." — услыхалъ я наконецъ голосъ Нюши въ одно изъ нашихъ посѣщеній; но птенчики испугались незнакомаго для нихъ звука и поспѣшно полетѣли домой и я принужденъ былъ послѣдовать за ними.

Наступила зима, а съ нею ея неизбѣжные спутники: снѣгъ и стужа. Намъ негдѣ было укрыться отъ мороза, кромѣ того мы чувствовали сильный недостатокъ въ пищѣ; однимъ словомъ вмѣсто прежней привольной жизни приходилось переживать пору голода и недостатка, и вотъ въ одну изъ подобныхъ тяжелыхъ минутъ, мнѣ наконецъ удалось уговорить птенчиковъ идти искать пріютъ у доброй Нюши.

Когда мы прилетѣли къ ея окну, то я увидѣлъ дѣвочку лежащую въ кровати, она выглядѣла совсѣмъ блѣдною, больною и очевидно не могла встать,-потому что, замѣтивъ насъ, позвала маму.

— Мнѣ кажется, что мой жаворонокъ стучится въ окошко и проситъ, чтобы его впустили,— сказала она улыбаясь.

Мать поспѣшила открыть окно, а я не замедлилъ влетѣть въ комнату, и смѣло сѣвъ на грудь Нюшѣ прижался къ ея щекѣ своей головою.

— Милая, хорошая моя, птичка, приговаривала дѣвочка, нѣжно проводя исхудалой ручкой по моимъ перышкамъ,— какъ я рада, что ты опять прилетѣла къ намъ; съ тобою и зима не покажется мнѣ такой длинной.

— Посмотри-ка, Нюшечка, кого твой жаворонокъ привелъ съ собою,— сказала мать, указывая на моихъ дѣтокъ, которыя хотя и полетѣли за мною, но дальше подоконника не смѣли показать носа. Нюша приподняла голову съ подушки; увидавъ птенчиковъ она пришла положительно въ восторгъ и всѣми силами старалась какъ можно скорѣе приручить ихъ. Сначала птенчики относились къ ней съ недовѣріемъ, но потомъ скоро совершенно освоились, и всѣ мы зажили въ полномъ довольствѣ. Я могъ бы назвать себя даже счастливымъ во всѣхъ отношеніяхъ, ежели бы мое счастіе не омрачилось видомъ тяжкой, продолжительной болѣзни Нюши.

Бѣдная дѣвочка худѣла и блѣднѣла съ каждымъ днемъ, родители очень тосковали и даже втихомолку плакали, въ особенности, когда докторъ однажды объявилъ имъ, что положеніе ея опасное.

— Но не безнадежное?— дрожащимъ голосомъ спросила мать.

— Какъ вамъ сказать,— отвѣчалъ докторъ, пожимая плечами,— конечно, все зависитъ отъ Бога, ежели намъ удастся протянуть ея жизнь до будущаго лѣта, т.-е. ежели она переживетъ зиму, то, можетъ быть, и поправится.

— Можетъ быть!— печально отозвалась бѣдная женщина и, закрывъ лицо руками, горько заплакала.

На глазахъ доктора выступили слезы; но вѣроятно сказать въ утѣшеніе было нечего, такъ какъ, несмотря на видимое горе своей собесѣдницы, онъ повернулся по направленію къ двери и тихимъ шагомъ вышелъ изъ комнаты.

По счастію зима для Нюши миновала благополучно, хотя въ общемъ состояніе здоровья было не важное; она ни разу не вставала съ кровати безъ посторонней помощи, а ходить даже и съ кѣмъ-нибудь уже не могла; ее катали въ креслѣ.

Какъ только, она бывало, сядетъ туда, вся обложенная подушками, такъ мы сейчасъ же принимаемся громко чирикать и кружиться надъ ея головою, выражая этимъ наше сочувствіе...

— А она что?— перебила разсказъ маленькая ласточка.

— Улыбается, ловитъ рукою каждую изъ насъ по очереди, подноситъ къ губамъ, цѣлуетъ..

— Бѣдная, бѣдная дѣвочка!— раздавались со всѣхъ сторонъ птичьи голоса.

— Бѣдная, бѣдная!— вслѣдъ за другими повторила даже кукушка, которая вообще никогда не отличалась добрымъ сердцемъ и не умѣла выказывать сочувствія.

— А знаете что я скажу вамъ, милостивые государи и милостивыя государыни,— вдругъ какимъ то особенно торжественнымъ голосомъ заговорилъ черный дроздъ, выступивъ впередъ.

— Что, что?— послышалось въ отвѣтъ ему отовсюду.

— Никому изъ васъ навѣрное не приходитъ въ голову, что почти мы всѣ здѣсь присутствующіе нѣсколько зимъ подъ рядъ питались подаяніемъ той самой дѣвочки Нюши, о которой сейчасъ разсказалъ жаворонокъ.

Птички переглянулись.

Нѣсколько минутъ продолжалось полное молчаніе, каждая изъ нихъ, очевидно, была занята своею собственною думою, но затѣмъ черный дроздъ снова заговорилъ первый.

— Ну, такъ какъ же, милые друзья, что вы скажете относительно моего предположенія?

— То есть, относительно того, что мы все время питались подаяніемъ Нюши?

Дроздъ утвердительно кивнулъ головою.

— Это не подлежитъ никакому сомнѣнію...

— Это совершенно вѣрно..

— Это правда...

- Удивительно! какъ раньше изъ насъ никто до этого не додумался...— слышалось отовсюду.

— Прекрасно!— продолжалъ дроздъ тѣмъ же самымъ поучительнымъ тономъ: — теперь подумайте, по справедливости, не слѣдуетъ ли намъ за всѣ ея благодѣянія отплатить ей хоть чѣмъ-нибудь.

— Оно, конечно, не мѣшало бы,— отозвалась трясогузка,— но какъ и чѣмъ можемъ отплатить мы бѣдныя безпомощныя птички?

— Надо постараться найти какой-нибудь способъ.

— Да, но какой именно, это задача не легкая.

— А вотъ какой,— вмѣшался въ общую бесѣду все время сидѣвшій въ сторонѣ соловушка:— соберемся всѣ гурьбою, полетимъ къ ея окошку и хоромъ пропоемъ каждый свою любимую пѣсенку.

— Ай да молодецъ, соловушка, хорошо придумалъ, спасибо!— обратился къ нему жаворонокъ съ низкимъ поклономъ.

— За что благодарить, это лишнее, развѣ мы не должны быть признательны всѣ одинаково.

— Такъ-то такъ,— защебетала синичка,— но подумали ли

вы о томъ, насколько намъ будетъ страшно подлетѣть близко къ человѣческому жилью!

— Изъ любви къ Нюшѣ мы должны побороть страхъ..

— Не стыдно ли тебѣ, глупая птичка, быть такой трусливой,— насмѣшливо воскликнулъ воробей,— бери съ меня примѣръ, я ничего не боюсь; первый сяду на окно, ежели нужно даже въ комнату влечу и буду кричать во все горло.

— Ну... ну.. ну... не очень хорохорься!— шутливо замѣтилъ дроздъ; а какъ ты думаешь, въ какое время дня будетъ всего удобнѣе начать концертъ!— добавилъ онъ обратившись къ жаворонку.

— Нюша часто дурно спитъ по ночамъ и засыпаетъ только къ утру, поэтому рано безпокоить ее нельзя,— сказала малиновка.

— Конечно; самое лучшее собраться такъ около двѣнадцати,— предложила синичка.

— По-моему вечеромъ, возразила — соловьиха.

— Какъ бы не такъ, какъ бы не такъ,— съ досадою возстали остальныя птицы,— тебѣ хорошо говорить вечеромъ, ты привыкла всегда пѣть по ночамъ, а мы этого не любимъ, да и для Нюши неудобно. Нельзя, милая, быть такой эгоисткой.

— Ахъ, Боже мой, чего вы всѣ ко мнѣ пристали!— отозвалась соловьиха,— я никому не навязываю своего мнѣнія, только предлагаю и въ концѣ концовъ всегда готова сдѣлать такъ, какъ для другихъ удобно.

— Знаемъ мы васъ, знаменитыхъ пѣвицъ-то! сдѣлаете вы для другихъ, какъ же!— проговорила трясогузка.

Соловьиха нахохлилась и хотѣла что-то отвѣтить, но маленькая малиновка въ предупрежденіе могущей возникнуть ссоры поспѣшила перебить ее.

— Теперь не время спорить, голубушки птички,— сказала она ласково,— давайте лучше сообща обсуждать вопросъ, какъ все устроить и когда именно приступить къ дѣлу.

Съ этими словами она сдѣлала знакъ остальнымъ птицамъ подойти ближе, и когда птицы, согласно ея рѣшенію собрались въ кружокъ, повела длинную рѣчь о томъ, что и какъ надо устроить.

Много по этому поводу было разговоровъ, споровъ, пререканій; одной хотѣлось устроить такъ, другой иначе, но подъ конецъ все обошлось благополучно и по общему совѣту было рѣшено концертъ устроить завтра не позже половины двѣнадцатаго.

— А теперь, кажется, пора и по домамъ,— сказала ласточка, надо дать покой милымъ хозяевамъ, мы слишкомъ долго злоупотребляли ихъ любезностью.

— Пора, пора,— согласились остальные гости и начали прощаться съ супругами зябликами, которые изъ любезности пригласили ихъ посидѣть еще, а сами про себя думали:— давно пора вамъ расходиться, мы устали до изнеможенія и будемъ очень рады, когда. вы насъ оставите...

По счастію гости, словно угадывая мысль хозяевъ, рѣшили не засиживаться, и скоро одинъ за другимъ исчезали.

Папаша-зябликъ, забравъ птенчиковъ, пошелъ немного отдохнуть, а мамаша съ прислугою осталась прибирать недоѣденныя зернышки и прочее угощенье.

На слѣдующее утро большая часть птицъ, пировавшихъ наканунѣ у зябликовъ, явилась къ нимъ снова, но на этотъ разъ уже не въ качествѣ гостей, а просто для того, чтобы гдѣ-нибудь собраться и затѣмъ цѣлой стаей летѣть къ окну маленькой больной Нюши. Прилетѣли почти всѣ, за исключеніемъ впрочемъ, супруги воробья, которая хотя по наружному виду, какъ будто забыла нанесенную ея птенчику птенчикомъ-зябликомъ обиду, но въ сущности не могла съ этимъ примириться, она прислала съ мужемъ передать, чтобы ее не ждали, такъ какъ намѣрена къ назначенному часу прилетѣть прямо на мѣсто.

— Пусть дѣлаетъ, какъ для нея удобнѣе,— отозвалась мамаша-зябликъ, и при этомъ такъ строго, такъ выразительно взглянула на Пери, что бѣдняжка даже струсилъ.

Менѣе чѣмъ черезъ полчаса все общество оказалось въ сборѣ, но прежде чѣмъ отправиться въ путь, согласно заранѣе сдѣланному росписанію, жаворонокъ долженъ былъ слетать къ тому дому, гдѣ жила Нюша, и, забравшись на чердакъ, посмотрѣть черезъ низенькое окно, не спитъ ли дѣвочка и вообще не обезпокоятъ ли ее птицы своимъ неожиданнымъ посѣщеніемъ.

Размѣстившись по вѣткамъ развѣсистой липы, птички съ нетерпѣніемъ ожидали возвращенія своего посланнаго и очень удивлялись тому, что онъ такъ замѣшкался; но вотъ наконецъ вдали показалось крошечное темное пятнышко, которое держась въ- воздухѣ съ каждой минутой все ближе и ближе подвигалось къ липѣ.

— Онъ...— проговорилъ зябликъ, и дѣйствительно, не ошибся; неустанно махая маленькими крылышками, жаворонокъ направлялся къ нимъ.

— Ну, что, какъ, можно?— закидали его вопросами птицы.

Жаворонокъ вмѣсто отвѣта отрицательно покачалъ головой, опустился на первую же вѣтку и, уткнувъ носикъ въ перышки, горько, горько заплакалъ.

— Что случилось?— съ испугомъ спросили птички и, какъ бы инстинктивно ночуя бѣду, всѣ сразу перестали чирикать.

Жаворонокъ между тѣмъ продолжалъ плакать.

— Нюши не стало... Нюша умерла!— проговорилъ онъ наконецъ сквозь глухія рыданія.

Птички печально склонили головки... Жаль имъ было свою дорогую дѣвочку-кормилицу, и вмѣстѣ съ тѣмъ онѣ серьезно боялись за то, что жаворонокъ но перенесеть такой ударъ.

— Милый, хорошій нашъ жаворонокъ,— заговорила наконецъ сизокрылая ласточка,— не плачь, не тужи, слезами горю не поможешь. Повѣрь, Нюшѣ на небѣ будетъ легче и отраднѣе, чѣмъ здѣсь, гдѣ она такъ давно и такъ долго страдала... Я нѣсколько разъ своими собственными ушами слышала, какъ люди говорили, что со смертью каждаго человѣка для него начинается новая духовная жизнь, несравненно лучшая, лучшая, конечно, для того, кто здѣсь на землѣ дѣлалъ добро и не обижалъ ближнихъ... Слѣдовательно, мы за нашу Нюшу можемъ быть покойны!

Слова доброй ласточки подѣйствовали благотворно на жаворонка, который хотя, конечно, совершенно успокоиться скоро не могъ, но тѣмъ не менѣе уже такъ не убивался.

Въ день похоронъ Нюши онъ и всѣ остальныя птички полетѣли провожать маленькій гробикъ до кладбища, и когда его закопали въ землю, то очень долго оставались сидѣть на могилкѣ, которую потомъ въ продолженіе остальной части лѣта посѣщали почти ежедневно.

Но вотъ миновало лѣто, наступили холода, заморозки, большая часть птичекъ полетѣли въ теплыя "страны; тѣ же, которыя оставались здѣсь, старались куда-нибудь спрятаться, и конечно не могли уже аккуратно навѣщать дорогую могилку. Одинъ только жаворонокъ оставался неизмѣннымъ посѣтителемъ ея, продолжалъ прилетать до тѣхъ поръ, пока въ одинъ прекрасный день сторожъ, разметавшій снѣгъ, нашелъ его тамъ совершенно окоченѣлымъ.

Газетчикъ-Петя

На дворѣ стояло пасмурное осеннее утро, снѣгъ, перемѣшанный съ дождемъ и въ общемъ скорѣе похожій на крупинки града, шелъ нѣсколько часовъ подъ рядъ, не переставая; о прогулкѣ нечего было и думать; по улицамъ шли только тѣ, кого заставляла нужда да крайняя необходимость, однимъ словомъ, погода выдалась такая, что, какъ говорится, добрый хозяинъ собаки на дворъ не выгонитъ.

Печально склонивъ хорошенькія головки и пріютившись на креслахъ, придвинутыхъ къ ярко пылавшему камину, сидѣли мальчикъ и дѣвочка.

Первому можно было дать на видъ лѣтъ десять, второй — не болѣе восьми. Мальчика звали Сережей, а дѣвочку Соничкой.

— Нѣтъ, какъ тамъ ни разсуждай, а мы должны ему помочь, должны обязательно; если бы папа и мама были дома, то они, конечно, поняли бы насъ, согласились съ нами и навѣрное оказали бы даже содѣйствіе, а съ этой противной мистриссъ Рочь пива не сваришь!— съ жаромъ говорилъ Сережа, очевидно, продолжая раньше начатый разговоръ.

— Само собой разумѣется, будь дома папа и мама, такъ намъ безпокоиться было бы нечего.

— Ужасно, ужасно!— подхватилъ Сережа и, быстро соскочивъ съ мѣста, принялся ходить взадъ и впередъ по комнатѣ.

Причина его волненія заключалась въ слѣдующемъ:

Въ томъ же домѣ, гдѣ жили они, жилъ въ самомъ нижнемъ подвальномъ этажѣ одинъ маленькій мальчикъ, котораго звали Петей, по прозванію газетчикъ; прозваніе это онъ получилъ потому, что его обязанность заключалась въ томъ, чтобы разносить газеты. Сережа и Соничка случайно познакомились съ нимъ на лѣстницѣ и послѣ перваго же знакомства мальчуганъ этотъ такъ имъ понравился, что каждый разъ, когда звонилъ у ихъ двери, они не позволяли прислугѣ отворять, а сами бѣжали къ нему на встрѣчу, чтобы перекинуться; словомъ.

Петя, отъ природы добрый и сообщительный, подавая газету, всегда находилъ разсказать что-нибудь интересное, смѣшное, забавное; дѣтки слушали съ большимъ удовольствіемъ и порою много смѣялись.

Вчера же, когда они, по обыкновенію, выскочили къ двери

на знакомый звонокъ, Петя имъ показался такимъ блѣднымъ и сумрачнымъ, что они даже испугались.

— Ты боленъ?— спросилъ Сережа.

Петя-газетчикъ утвердительно кивнулъ головою.

— Что съ тобою?— продолжала Ооничка, съ участіемъ взглянувъ на своего маленькаго пріятеля.

— Должно быть, простудился; вчера послѣ разноски газетъ пришелъ домой совершенно мокрый.

— Надо было сейчасъ же согрѣться виномъ или горячимъ чаемъ.

— Что вы, барышня, какое вино? какой горячій чай, когда у насъ подчасъ даже не хватаетъ чернаго хлѣба.

Соничка взглянула на него удивленными глазами; ей казалось непонятнымъ, какимъ образомъ люди могутъ нуждаться въ такой простой вещи, какъ черный хлѣбъ, и Петя, словно угадавъ ея мысль, принялся подробно разсказывать о томъ, какъ трудно имъ живется теперь, когда отецъ уже второй мѣсяцъ лежитъ въ больницѣ съ переломленною ногою, а мать надрываетъ послѣднія силы на поденной работѣ, чтобы прокормить семью, состоящую, кромѣ него, еще изъ двухъ маленькихъ сестеръ.

Разсказъ мальчика очень заинтересовалъ дѣтокъ, и разговоръ на эту тему между ними, вѣроятно, продолжался бы долго, если бы его не прервала гувернантка мистриссъ Рочь, строго замѣтивъ Сережѣ и Соничкѣ, что неприлично, молъ, такъ долго стоять на лѣстницѣ и давно пора приниматься за уроки.

Волей-неволей пришлось разстаться. Петя, видимо съ трудомъ переставляя ноги, поплелся къ себѣ, а Сережа и Соня вошли въ комнаты.

Часъ урока на этотъ разъ казался имъ безконечно длиннымъ; они никакъ не могли сосредоточиться, отвѣчали невпопадъ и дѣлали ошибки на каждомъ шагу. Миссъ Рочь выразила полное неудовольствіе и угрожала даже наказаніемъ, но дѣти на этотъ разъ ко всему относились равнодушно, думая исключительно о маленькомъ газетчикѣ и съ нетерпѣніемъ ожидая слѣдующее утро, чтобы увидѣть его снова.

Слѣдующее утро, конечно, своимъ порядкомъ наступило, наступилъ и часъ, въ который Петя обыкновенно приносилъ газету, но только вмѣсто него на этотъ разъ газету подала какая-то маленькая, незнакомая дѣвочка.

— Ты кто? - спросила ее Соня.

— Сестра Нети-газетчика — отвѣтила дѣвочка — Петя

боленъ; сегодня я за него разношу газету, но только это ужасно трудно. Во-первыхъ, устаешь безпрестанно подниматься и спускаться по лѣстницамъ, а во-вторыхъ, съ адресами такая путаница, что не приведи Богъ, больше половины не могу найти, хоть плачь, право!

Послѣднія слова бѣдная дѣвочка проговорила почти съ отчаяніемъ и на глазахъ ея дѣйствительно выступили слезы.

— Есть ли у него по крайней мѣрѣ что покушать?— спросилъ между тѣмъ Сережа.

— Мама, уходя на поденную работу, оставила мнѣ пятачекъ, чтобы купить для него молока и булку;, щ купила, но онъ почти не пилъ... отдалъ все маленькой сестренкѣ, которая, конечно, какъ еще совсѣмъ крошечная, глупенькая, не понимаетъ, что человѣку во время болѣзни должно кушать то, что вкуснѣе — увидала молоко да булку и давай просить, плакать... Я стала ее отговаривать тихонько, чтобы Петя не слыхалъ, она расплакалась пуще прежняго, тогда онъ взялъ да и отдалъ ей все... я, говоритъ, не. хочу, аппетита нѣтъ, пускай кушаетъ.

— Какъ можно не хотѣть, нѣтъ, онъ навѣрное отдалъ потому, что пожалѣлъ ее, а самъ, безъ сомнѣнія, голоденъ!— замѣтила Соничка.

Дѣвочка печально склонила голову; нѣсколько минутъ продолжалось молчаніе; они всѣ трое стояли задумавшись, затѣмъ сестричка Пети заговорила первая:

— Помогите мнѣ, милый баринъ, разобрать адреса,— обратилась она къ Сережѣ,— никакъ не могу взять въ толкъ съ какой улицы начать разноску газетъ, чтобы идти по порядку: бросаюсь точно угорѣлая, по нѣскольку разъ прохожу мимо однихъ и тѣхъ же домовъ, времени трачу массу, устаю, а дома работа стоитъ.

Сережа поспѣшилъ исполнить просьбу, но едва успѣлъ разобрать четвертую часть адресовъ, какъ въ концѣ длиннаго коррридора, ведущаго изъ прихожей въ домашнія комнаты, показалась долговязая фигура мистриссъ Рочь.

— Благодарю, благодарю... довольно...— произнесла, дѣвочка дрогнувшимъ голосомъ.— Вотъ идетъ ваша гувернантка, я боюсь, Петя говорилъ, что она строгая... разсердится...

— Ничего... ничего... надо кончить,— отозвались въ одинъ голосъ братъ и сестра; но дѣвочка такъ быстро уложила всѣ свои газеты въ сумку и побѣжала внизъ, по лѣстницѣ, что они при всемъ желаніи не могли долѣе задержать ее.

Мистриссъ Рочь, действительно, выразила большое неудовольствіе по поводу того, что дѣти слишкомъ долго остаются на лѣстницѣ, а въ заключеніе даже припугнула ихъ тѣмъ, что съ завтрашняго дня возьметъ ключъ отъ входной двери къ себѣ и сама будетъ выходить за газетой.

Братъ и сестра молча вернулись въ дѣтскую, гдѣ, какъ видитъ читатель мы и застали ихъ въ минуту этого разсказа озабоченными искреннимъ желаніемъ помочь своему бѣдному маленькому другу. Ихъ смущала мысль, что отецъ и мать, въ тотъ день утромъ только-что уѣхавшіе въ Москву по дѣламъ, вернутся не раньше конца недѣли; они знали, что, будь родители дома, папа первый навѣрное позаботился бы о томъ, чтобы пригласить доктора для Пети, а мама послала бы ему обѣдъ.

Мистриссъ Рочь же, конечно, не только "не сдѣлаетъ ни того, ни другого, а еще и имъ не позволитъ, хотя чѣмъ-нибудь немного помочь несчастному маленькому газетчику.

— Это ужасно! Это невозможно! Такъ оставить нельзя... мы должны что-нибудь придумать!— повторялъ Сережа и, порывисто вставъ съ мѣста, принялся расхаживать взадъ и впередъ по комнатѣ съ видимымъ волненіемъ.

Что касается Сонички, то она продолжала сидѣть неподвижно; пристально уставившись глазами въ окно, она машинально слѣдила глазами за тѣмъ, какъ комочки снѣга, перемѣшанные съ дождемъ, скользятъ по стекламъ, оставляя за собою мокрую дорожку, на которую сейчасъ же вновь падаютъ другіе, точно такіе же комочки... Мысли ея были не тутъ... она тоже усиленно работала мозгами, стараясь найти средство облегчить участь Пети.

— Соня,— раздался вдругъ надъ самымъ ухомъ голосъ брата,— я придумалъ...

— Что?

— Какъ помочь нашему маленькому газетчику.

— Неужели! о, говори, говори скорѣе!— вскричала дѣвочка, радостно захлопавъ въ ладоши.

Сережа сѣлъ рядомъ съ нею, сдѣлалъ знакъ рукою, чтобы она не кричала и заговорилъ вполголоса.

— Придумалъ; только не знаю, какъ исполнить, очень уже страшно...

— Ну... ну... ну...— нетерпѣливо торопила Соня.

— Надо постараться раздобыть изъ буфета все, что можно, съѣдомое, уложить въ корзиночку и завтра рано утромъ, никому не говоря ни слова, тихонько отнести Петѣ; онъ вѣдь живетъ въ нашемъ домѣ, во дворѣ, около дворницкой — это не далеко...

— Ахъ, Сережа, если бы намъ это удалось, то лучшаго и желать нечего,— такъ же тихо отозвалась Соня,— но мистриссъ Рочь... ты о ней забываешь! Подумай, если она насъ поймаетъ... что тогда?

— Тогда скверно; но надо устроить такъ, чтобы она не поймала, я это все обдумалъ...— Сначала, знаешь ли, меня тревожила мысль, что намъ придется дѣйствовать крадучись, тайкомъ и что это стыдно, нехорошо и недостойно порядочныхъ людей, какъ выражается папа, но потомъ, разсудивъ обстоятельно, я пришелъ къ заключенію, что мы идемъ на доброе дѣло, что поступить такъ насъ заставляетъ крайняя необходимость и что самъ папа на нашемъ мѣстѣ навѣрное не поступилъ бы иначе...

Когда Сережа кончилъ говорить, Соничка нѣсколько секундъ смотрѣла на него молча, потомъ нѣжно охватила ручонками за шею, притянула къ себѣ, поцѣловала и, забывъ про то, что надо говорить тише, закричала на всю комнату:

— Какой ты умный, Сережа, мнѣ бы до этого никогда, не додуматься.

Сережа улыбнулся и погрозилъ ей пальцемъ.

— Прости, прости, больше не буду... хвалить тебя, я знаю, что ты этого не любишь,— продолжала она уже шопотомъ.

Затѣмъ между ними началась продолжительная бесѣда по поводу того, какъ все слѣдуетъ устроить.

Корзинку Соня предложила принести изъ комнаты матери.

— Ту самую, которая стоитъ на комодѣ, знаешь, съ крышкой, еще крышка на петляхъ открывается на обѣ стороны, точно дверь, пояснила она и сію же минуту побѣжала за корзинкой.

Корзинка оказалась очень удобною, но этого было, конечно мало, приходилось главнымъ образомъ подумать о томъ, чѣмъ ее наполнить. Скоро однако и этотъ вопросъ разрѣшился: дѣти, спросивъ себѣ къ вечернему чаю по двойной порціи бутербродовъ сами ихъ не скушали, а цѣликомъ опустили въ корзинку; туда же было опущено болѣе фунта колотаго сахара, порядочный запасъ сухого чая, кофе и даже бутылка съ виномъ; все это они достали изъ буфета, совершенно спокойно, безо всякой боязни, зная заранѣе, что мама не разсердится.

Что касается мистриссъ Рочь, то она, по счастливой случайности, весь вечеръ просидѣла надъ какимъ-то нужнымъ письмомъ, не выходила даже къ чаю, и, будучи убѣждена что ея маленькіе воспитанники ничего не напроказятъ, предоставила имъ полную свободу. Въ десять часовъ дѣти разошлись по своимъ комнатамъ, сговорившись на слѣдующее утро встать даже раньше прислуги и тихонько, черезъ черный ходъ, пробраться въ жилище газетчика Пети.

Долго не могли заснуть наши дѣтки; во-первыхъ, они находились Въ крайне возбужденномъ состояніи вслѣдствіе тревожныхъ думъ, какъ удастся предполагаемое предпріятіе, а во-вторыхъ, главное ихъ безпокоила мысль о томъ, что бѣдный Петя теперь лежитъ больной безъ помощи доктора и кромѣ того еще, быть можетъ, голодный; они съ нетерпѣніемъ ожидали слѣдующаго утра и, безпрестанно ворочаясь съ боку на бокъ, оба слышали, какъ висѣвшіе въ столовой часы пробили полночь, затѣмъ, наконецъ, уснули и проснулись тогда, когда на дворѣ уже было почти свѣтло.

Первымъ проснулся Сережа. Въ другое время онъ охотно бы подремалъ еще, такъ какъ рано вставать вообще не любилъ, но теперь объ этомъ нечего было и думать.

"Безъ того, вѣроятно, проспалъ, на дворѣ свѣтло, а осенью свѣтаетъ поздно",— пробормоталъ онъ самъ себѣ и принялся наскоро одѣваться.

Кто-то тихонько постучалъ въ двери, мальчикъ осторожно отодвинулъ задвижку и, выглянувъ въ скважину, увидалъ Соничку, которая стояла совсѣмъ уже одѣтая и держала въ рукѣ корзинку.

— Я готова,— прошептала она едва слышно,— а ты?
— Тоже.

Съ этими словами онъ на цыпочкахъ вышелъ изъ своей комнаты и, осторожно ступая по полу, тихою стопою послѣдовалъ за Соней.

Миновавъ благополучно корридоръ, буфетную и, пройдя никѣмъ не замѣченные черезъ кухню, дѣти живо спустились во дворъ по черной лѣстницѣ, ни кухарка, ни горничная ничего не слыхали, хотя обѣ были уже вставши и сидѣли въ людской за самоваромъ. Дверь на черную лѣстницу оказалась отворенною, должно быть, потому, что кухаркинъ любимый жирный котъ Матроска отправился на утреннюю прогулку, и кухарка, не желая два раза безпокоиться, впускать и выпускать его, рѣшила оставить дверь незакрытою.

Очутившись на дворѣ, дѣтки вздохнули свободнѣе; входъ въ помѣщеніе, гдѣ жила семья маленькаго газетчика, былъ имъ извѣстенъ, они смѣло направились туда и, отворивъ узкую, обитую рогожею дверь, очутились въ крошечной очень бѣдно обставленной комнатѣ.

Мать Пети они дома уже не застали, она только что ушла на поденную работу, но старшая сестра, та самая которая вчера разносила газеты, была тутъ.

Увидавъ знакомую барышню и ея брата, она въ первую минуту очень смутилась, но потомъ скоро оправилась отъ смущенія и ласково улыбнулась.

— Что Петя?— спросилъ ее Сережа,— какъ себя чувствуетъ?

Дѣвочка вмѣсто отвѣта указала ему пальцемъ направо. Сережа повернулъ голову и увидалъ маленькаго газетчика, сидящаго въ креслѣ; онъ былъ обложенъ подушками и выглядѣлъ очень блѣднымъ.

— Тебѣ лучше, ты всталъ?— въ одинъ голосъ обратились къ нему братъ и сестра.

— Какой тамъ лучше,— возразилъ мальчикъ слабымъ голосомъ,— я хотѣлъ попробовать встать, надѣясь на свои силы, думалъ буду въ состояніи разносить газеты, да вмѣсто того чуть не потерялъ сознаніе и не хлопнулся на полъ... Спасибо сестра Паша подбѣжала вовремя и усадила въ кресло...

— Гдѣ тебѣ идти, ты еще такъ слабъ, ты долженъ по крайней мѣрѣ нѣсколько дней поберечься!

— Что вы, баринъ, развѣ. это возможно!

— Конечно возможно!

— Никогда.

— Почему?

— Потому что мама на одинъ свой заработокъ не въ состояніи прокормить насъ, и если я не пойду нѣсколько дней въ редакцію за газетами, то редакторъ меня прогонитъ...

— Но твоя сестра вчера вѣдь за тебя разносила, развѣ она не можетъ это дѣлать дольше, пока ты не поправишься?

Петя почему-то опустилъ глаза и медлилъ отвѣтомъ.

Сережа повторилъ вопросъ, полагая, что онъ его не разслышалъ.

— Я вчера все перепутала... половину нумеровъ растеряла... деньги тоже сосчитала невѣрно, редакторъ разсердился и сказалъ, что ежели Петя сегодня не придетъ самъ, то онъ на его мѣсто найдетъ другого газетчика...— сказала сестра больного мальчика, захлебываясь отъ душившихъ ее слезъ и волненія.

— Это будетъ ужасно!— вскричалъ Петя, хватившись за голову,— а между тѣмъ я не въ силахъ подняться...

— Петя, милый, не плачь, не отчаявайся, мы общими стараніями устроимъ дѣло такъ, чтобы ты не потерялъ мѣсто,— поспѣшилъ успокоить его Сережа.

Петя взглянулъ на него вопросительно.

— Да, да, постараемся,— продолжалъ онъ все болѣе и болѣе оживляясь,— редакторъ газеты приходится нашему отцу дальнимъ родственникомъ, онъ меня знаетъ, я самъ пойду просить, чтобы онъ приказалъ кѣмъ-нибудь замѣнить тебя только на то время, пока ты боленъ, и чтобы мѣсто разносчика во всякомъ случаѣ оставалось за тобою.

Слова Сережи успокоили бѣднаго больного, онъ пересталъ плакать.

— Гдѣ адресъ редакціи?— продолжалъ Сережа.

Петя поспѣшилъ сообщить адресъ.

— Будь покоенъ, я сегодня же или, лучше сказать, сейчасъ же, идя въ классы, зайду въ редакцію и дѣло твое устрою.

Петя бросился на шею своему благодѣтелю, а обѣ сестрички его тѣмъ временемъ обнимали и цѣловали Соню, въ знакъ благодарности за принесенные гостинцы.

— Однако намъ пора,— замѣтила наконецъ послѣдняя, обратившись къ Сережѣ.

— Да, да, въ самомъ дѣлѣ, я и забылъ, что мы ушли тайкомъ,— отвѣчалъ мальчикъ, и еще разъ пообѣщавъ маленькому газетчику устроить все какъ слѣдуетъ, чуть не бѣгомъ пустился по направленію къ дому, Соня едва поспѣвала слѣдовать за нимъ.

Обратный путь ихъ совершился вполнѣ благополучно, они попрежнему никѣмъ не замѣченные вернулись въ свои комнаты, откуда къ назначенному часу пришли въ столовую, чтобы пить утренній. чай, послѣ котораго Сережа, надѣвъ пальто и закинувъ за плечи ранецъ, по обыкновенію, отправился въ гимназію, а Соня сѣла съ мистриссъ Рочь за уроки.

Вмѣсто того, чтобы идти прямой дорогой, Сережа на этотъ разъ долженъ былъ сдѣлать маленькій кругъ, такъ какъ редакція находилась въ противоположной сторонѣ, но это его не пугало; онъ только нѣсколько ускорилъ шагъ и, взглянувъ на часы, оставался совершенно покоенъ въ томъ отношеніи, что какъ на переговоры съ редакторомъ, такъ равно и на переходъ отъ редакціи до гимназіи времени у него хватитъ вполнѣ.

— Что вамъ надо?— довольно грубо окликнулъ его какой-то пожилой господинъ, когда онъ вошелъ въ редакцію.

— Я желалъ бы видѣть самого редактора,— отозвался Сережа нерѣшительно; грубый тонъ незнакомаго господина смутилъ его и пришибъ энергію.

— Онъ принимаетъ только по вторникамъ, а сегодня среда; да что вамъ надо, говорите, я за него.

Сережа постарался въ короткихъ словахъ объяснить суть дѣла.

Пожилой господинъ, слушая его, сдвинулъ брови и не отрывая глазъ отъ книги, проговорилъ рѣзко:

— У насъ нѣтъ лишнихъ людей, которые по мѣрѣ надобности замѣняли бы другъ друга. Если газетчикъ Петя боленъ, то можетъ совсѣмъ не приходить, мы на его мѣсто найдемъ другого, онъ вчера вздумалъ прислать сестру, но она только напутала, ей нельзя поручить разноску; вы такъ и передайте, пусть себѣ убираются, намъ больныхъ, да безтолковыхъ людей не надо.

— Но вѣдь вы лишаете ихъ заработка... лишаете насущнаго хлѣба,— продолжалъ Сережа съ плохо скрытымъ волненіемъ.

— А вамъ какое дѣло?

— Еслибъ вы могли видеть, какъ бѣдный Петя убивается при одной мысли, что ему откажутъ отъ мѣста, то навѣрное не относились бы такъ равнодушно къ его болѣзни и постарались бы помочь ему.

— Ахъ, отстаньте, пожалуйста, право мнѣ некогда толковать съ вами тутъ о разномъ вздорѣ; если вамъ жаль Петю, разносите за него газеты сами, но отъ меня-то отвяжитесь.

Сережа нѣсколько минутъ стоялъ молча, проводя указательнымъ пальцемъ по лбу, это было его обычной привычкой, когда онъ что-нибудь обдумывалъ, затѣмъ подошелъ ближе къ своему суровому собесѣднику, и проговорилъ смѣло:

— Я васъ ловлю на словѣ; дайте мнѣ всѣ адреса и газеты, пока Петя боленъ, я буду разносить ихъ.

— Вы говорите серьезно?

— Совершенно.

— Условія вамъ извѣстны?

— Нѣтъ, но я заранѣе соглашаюсь на всѣ тѣ, которыя были заключены вами съ Петей.

— Вы будете получать за разноску газетъ по 40 коп. въ день; разсчетъ каждый вечеръ.

— Въ которомъ часу?

— Послѣ шести; но предупреждаю, если выйдетъ такая же

путаница, какъ съ той дѣвочкой, то за разсчетомъ лучше и не приходите.

— Будьте покойны, этого не случится.

Пожилой господинъ досталъ съ полки цѣлую кипу газетъ и списокъ подписчиковъ.

— Вотъ просмотрите, если ваша голова не сѣномъ набита, то по списку вы можете легко распредѣлить маршрутъ и выгадать время.

Сережа улыбнулся; его въ гимназіи всегда считали однимъ изъ первыхъ учениковъ, а потому замѣчаніе "если ваша голова не сѣномъ набита", т.-е. "если вы не дуракъ" показалось ему' чень забавнымъ. Присѣвъ къ столу, онъ въ нѣсколько минутъ разобралъ, адреса, положилъ газеты по порядку и, поклонившись пожилому господину, вышелъ изъ редакціи.

Когда онъ очутился на улицѣ и вспомнилъ, что классы теперь уже навѣрное начались, то ему невольно сдѣлалось даже страшно. Что подумаютъ о немъ учителя? Онъ, который не пропускалъ ни одного урока, и всегда являлся аккуратно! Подумаютъ, что боленъ,— старался мальчуганъ успокоить себя мысленно,— Да, но въ подобномъ случаѣ всегда даютъ знать въ гимназію, а я этого не сдѣлалъ... Ну, да все равно, будь что будетъ, иначе поступить я не могъ, не могъ! проговорилъ онъ даже вслухъ, и, махнувъ рукою, немедленно принялся за исполненіе своей новой обязанности, на что времени потребовалось порядочно.

Только около двухъ часовъ разноска оказалась оконченною.

Безпрерывная ходьба по лѣстницамъ, въ третій, четвертый и иногда даже въ пятый этажъ, съ непривычки страшно утомила его; затѣмъ онъ началъ чувствовать голодъ, такъ какъ ничего не ѣлъ съ самаго утра, а ко всему этому еще не зналъ куда дѣваться до пяти часовъ, такъ какъ занятія его въ гимназіи обыкновенно кончались только въ это время. Вернуться раньше домой онъ считалъ неудобнымъ по отношенію мистриссъ Рочь, и даже прислуги, которая навѣрное стала бы допытываться, что это значитъ.

"Попробую зайти въ редакцію, быть можетъ, отдадутъ деньги сейчасъ, думалъ про себя Сережа, это было бы удобнѣе, чѣмъ послѣ обѣда. Уходить опять тихонько, крадучись — не хочется, да и трудно, въ такое время мистриссъ Рочь навѣрное замѣтитъ...

И онъ направился въ редакцію.

75

Пожилой господинъ суроваго нрава попрежнему сидѣлъ за столомъ уткнувшись носомъ въ -книгу, при его появленіи онъ даже не поднялъ головы, а только искоса взглянулъ на дверь.

— Ну, вотъ,— обратился къ нему Сережа,— я разнесъ газеты и все исполнилъ въ точности.

— Прекрасно,— отвѣтилъ пожилой господинъ,— значитъ, ты малый толковый, ежели хочешь, то я могу навсегда передать тебѣ заработокъ Пети, потому что собственно говоря, онъ мнѣ не больно нравится со своей тощей фигуркой, постояннымъ кашлемъ и вѣчно утомленнымъ видомъ .

— Ежели вы еще разъ заикнетесь о намѣреніи передать кому бы то ни было заработокъ газетчика-Пети, то я не только откажусь эти нѣсколько дней за него разносить газеты а... а... пожалуюсь на васъ самому редактору, который, какъ я уже сказалъ вамъ, знаетъ меня лично и приходится моему отцу родственникомъ,— вскричалъ Сережа такимъ громкимъ и сердитымъ голосомъ, что даже самому стало страшно.

— Не кипятитесь, не кипятитесь, молодой человѣкъ,— остановилъ его старикъ, дружески потрепавъ по плечу,— я вѣдь только такъ къ слову сказалъ, предложилъ; не хотите — не надобно; предложилъ, потому что, откровенно говоря, несмотря на ту рѣзкость, съ которой вы позволяете себѣ говорить со мною, вы мнѣ очень нравитесь.

Сережа поклонился.

— Прошу извиненія,— заговорилъ онъ тихо,— но я не въ силахъ былъ сдержать себя...

— Ну, ну, не будемъ больше объ этомъ вспоминать, знаете вѣдь небось пословицу: "кто старое вспомянетъ, тому глазъ вонъ"; скажите лучше: придете завтра опять или нѣтъ?

— Вѣроятно приду, такъ какъ Петя еще слабъ.

— Да впрочемъ мы сегодня еще увидимся, когда пожалуете за деньгами.

Добродушный тонъ собесѣдника, раньше казавшагося такимъ злымъ, ободрилъ Сережу настолько, что онъ даже рѣшился выразить просьбу, нельзя ли получить деньги не вечеромъ, а сейчасъ.

— Пожалуй,— согласился старикъ и, доставъ изъ конторки причитавшіяся Петѣ 40 коп., подалъ ихъ мальчику. Сережа положилъ ихъ въ карманъ и, вторично поклонившись и хотѣлъ уже уходить, какъ вдругъ старикъ удержалъ его.

— Вотъ возьмите еще 40 — вчерашнія... я не отдалъ дѣвочкѣ за то, что она не съумѣла выполнить- возложенное на нее порученіе, думалъ вычетъ сдѣлать; но теперь прощаю.

— Благодарю за нихъ; они, конечно, этимъ деньгамъ будутъ очень рады, такъ какъ крайне нуждаются,— отозвался Сережа и, поспѣшно выйдя изъ редакціи, направился прямо къ маленькому газетчику; котораго на этотъ разъ засталъ въ кровати.

— Ты лежишь? Развѣ чувствуешь себя хуже?— спросилъ его Сережа встревоженнымъ голосомъ.— Да, голова какъ будто больше разболѣлась.

— Что такъ, почему?

— Не знаю.

— Потому что братецъ много плакалъ,— заговорила показавшаяся вдругъ изъ-за угла младшая сестра газетчика — Агаша.

— Не правда, баринъ, не слушайте ее, она сама не знаетъ что мелетъ,— перебилъ дѣвочку газетчикъ.

— Какъ не правда-правда! Истинная правда,— утверждала малютка, выступивъ впередъ и напустивъ на себя такой серьезный, величественный видъ, что, глядя на нее, оба мальчика не могли удержаться отъ смѣха.

— Какъ только всѣ ушли, онъ все время плакалъ,— продолжала малютка и, подойдя ближе къ Сережѣ, принялась подробно разсказывать о томъ, какъ Петя мучился и убивался при мысли, что его прогонятъ изъ редакціи и лишатъ заработка.

— Ничего подобнаго не будетъ; напротивъ, мнѣ почему-то кажется, что теперь въ редакціи къ тебѣ будутъ относиться лучше,— поспѣшилъ успокоить больного Сережа, и сообщилъ сначала свой недавній разговоръ съ пожилымъ господиномъ, а потомъ передалъ полученныя отъ него деньги.

— Какъ! Онъ даже отдалъ вчерашній заработокъ!— съ удивленіемъ воскликнулъ Петя.

— Какъ видишь.

— Ну, ужъ это особенное благоволеніе, не знаю гдѣ и записать; да съ кѣмъ вы говорили, баринъ?

— Голубчикъ, вѣдь я. у васъ въ редакціи не знаю никого, кромѣ самого редактора, поэтому не могу тебѣ сказать ничего опредѣленнаго.

— Да какъ онъ изъ себя-то выглядитъ?

— Не высокъ ростомъ, плотный, маленькіе сѣрые глазки бѣгаютъ во всѣ стороны, словно мышата, говоритъ отрывисто...

— Ну, такъ и есть, это секретарь редактора, Михаилъ Семеновичъ, мы всѣ его боимся, какъ грозы, боимся больше чѣмъ редактора... Удивительно, уму непостижимо, какъ это онъ съ вами разговорился, а главное, какъ деньги отдалъ..

И Петя заставилъ Сережу нѣсколько разъ подъ рядъ разсказывать себѣ мельчайшія подробности прихода его въ редакцію и разговора съ Михаиломъ Семеновичемъ.

Сережа охотно удовлетворялъ требованіе своего маленькаго друга, несмотря на то, что съ каждою минутою все больше и больше ощущалъ голодъ; онъ съ изумительнымъ терпѣніемъ повторялъ одно и то же до тѣхъ поръ, пока хотѣлъ Петя, при чемъ, конечно, умолчалъ только о томъ, что Михаилу Семеновичу не нравится тощая фигура маленькаго газетчика, его постоянный кашель и утомленный видъ.

Петя не могъ надивиться внезапной добротѣ вѣчно суроваго секретаря редакціи, и послѣ разговора съ Сережею настолько оживился, что даже, почувствовавъ себя лучше, хотѣлъ-было на слѣдующій же день самъ идти въ редакцію за газетами, но Сережа не согласился этого допустить.

Посидѣвъ еще нѣсколько времени около кровати больного, онъ наконецъ всталъ съ мѣста, попрощался съ нимъ и его сестрами и направился домой, куда теперь пришелъ какъ разъ во-время.

Мистриссъ Рочъ и Соня собирались обѣдать, но ждали только его, чтобы сѣсть за столъ.

— Что новаго въ гимназіи?— спросила мистриссъ Рочъ по-англійски, наливая супъ изъ миски на тарелки; она каждый день слово въ слово задавала этотъ вопросъ Сережѣ, когда онъ приходилъ обѣдать, а Сережа, съ своей стороны, точно такъ же ежедневно на это отвѣчалъ: "особеннаго ничего" и только рѣдко, очень рѣдко, если въ гимназіи дѣйствительно Случалось что-нибудь особенное,— то разсказывалъ объ этомъ домашнимъ; сегодня же вопросъ гувернантки, самъ по себѣ весьма обыкновенный и кромѣ того, какъ уже сказано выше,— даже обычный,— смутилъ мальчика, вызвавъ тяжелое воспоминаніе о томъ, что онъ тамъ даже и не былъ.

— Ничего особеннаго,— проговорилъ онъ однако въ отвѣтъ и, низко опустивъ лицо надъ тарелкою, принялся. торопливо уничтожать супъ, какъ бы стараясь черезъ то скрыть свое смущеніе.

Мистриссъ Рочъ ничего не замѣтила, даже блѣдности и утомленія Сережи, но зато Соничка обратила на это вниманіе, какъ только онъ вошелъ въ комнату и уже открыла свой маленькій ротикъ, чтобы спросить брата не случилось ли съ нимъ какого несчастія, но затѣмъ, вспомнивъ утреннюю экскурсію въ жилище маленькаго газетчика, невольно подумала, что, вѣроятно братъ въ теченіи дня улучилъ минутку еще разъ забѣжать туда, и забѣжавъ, конечно,узналъ какія-нибудь нехорошія вѣсти.

Въ маленькую головку ея лѣзли самыя неотвязныя мысли, одна Другой мрачнѣе, одна другой печальнѣе, и порою одна другой нелѣпѣе... Ей представлялось уже, что злой редакторъ прислалъ сказать Петѣ, будто прогонитъ его съ мѣста, а Пашу за неаккуратную разноску газетъ — въ тюрьму засаживаетъ; въ тюрьму, гдѣ темно... холодно... сыро... гдѣ кромѣ хлѣба и воды бѣдная Паша ничего не увидитъ... А что станется съ самой маленькой сестричкой газетчика, съ Агашей? Что станется съ ихъ отцомъ, съ матерью.

Они, пожалуй, не перенесутъ такого горя... И чѣмъ дольше думала обо всемъ этомъ Соничка, тѣмъ тяжелѣе и тоскливѣе становилось у нея на душѣ; обѣдъ ей показался необыкновенно длиннымъ, она кушала мало и неохотно, ^несмотря на то, что всѣ. блюда выдались ея любимыя; но вотъ наконецъ подали пирожное, затѣмъ для мистриссъ Рочь маленькую чашечку чернаго кофе, а для дѣтей фрукты.

Послѣ обѣда Сережа всегда удалялся въ свою комнату приготовлять заданные на слѣдующій день уроки, а Соня занималась музыкой.

"Боже мой! еще надо цѣлый часъ оставаться въ неизвѣстности и не имѣть возможности спросить обо всемъ Сережу", подумала дѣвочка, не отрывая взора отъ лица брата и какъ бы стараясь угадать по выраженію его глазъ, что такое случилось.

— Софи, сегодня вашъ учитель не придетъ, прислалъ сказать, что боленъ, вы можете въ продолженіе того часа, который употребляете на урокъ музыки, дѣлать, что хотите,— объявила дѣвочкѣ мистриссъ Рочь, когда они кончили обѣдать.

Миловидное личико Сони сразу оживилось. Воспользовавшись моментомъ, когда мистриссъ Рочь принялась за чтеніе англійскаго романа, она живо юркнула въ комнату Сережи, котораго застала конечно не за приготовленіями уроковъ.

Онъ сидѣлъ около стола, глубоко задумавшись; локти его уперлись въ столъ, а ладони поддерживали голову; онъ не замѣтилъ даже, что она подошла къ нему совсѣмъ близко, и очнулся только тогда, когда она, нагнувшись къ самому уху, довольно громко проговорила: "Сережа".

— Ахъ это ты! какъ я радъ! Наконецъ-то мы можемъ

поговорить на свободѣ, и можетъ быть разъяснимъ вопросъ, который меня сильно тревожитъ.

— Какой?

— Чѣмъ объяснить въ гимназіи, что. я сегодня тамъ не былъ и не приду можетъ быть еще нѣсколько дней.

— Какъ не былъ? Какъ не придешь еще нѣсколько дней? Сережа, да я тебя не понимаю!

— Сейчасъ поймешь, слушай только внимательно, а затѣмъ давай вмѣстѣ придумывать средство, какъ бы лучше вывернуться изъ бѣды.

И Сережа принялся разсказывать все то, что намъ уже извѣстно.

Соня слушала его съ большимъ вниманіемъ, иногда прерывала, чтобы задать какой-нибудь вопросъ, но затѣмъ, когда разсказъ былъ оконченъ, несмотря на все. свое стараніе придумать средство для объясненія отсутствія брата изъ гимназіи — никакъ не могла; задача оказалась слишкомъ трудна; выбору никакого не было; оставалось развѣ только во всемъ сознаться мистриссъ Рочь или на слѣдующее утро не ходить въ редакцію.

— Ни того, ни другого я никогда не сдѣлаю,— твердо отозвался Сережа.— Сознаться мистриссъ Рочь, это значитъ добровольно. себя обезоружить. Ты развѣ не знаешь, какъ она ненавидитъ Петю, называетъ его не иначе, какъ жалкимъ оборвышемъ и считаетъ позоромъ съ нимъ разговаривать. Узнавъ, что мы съ тобою были у него, она придетъ въ ужасъ, въ негодованіе, больше ни на шагъ отъ себя не отпуститъ... Отказаться отъ разноски газетъ-тоже невозможно; на Петино мѣсто сейчасъ назначутъ другого, и онъ не перенеоетъ такого удара...

Долго толковали между собою дѣтки, долго судили-рядили, но результата изъ этого не вышло никакого, такъ ничего и не придумали. Жалѣли они объ одномъ, что съ ними нѣтъ ихъ дорогихъ родителей, тогда, конечно, и скрывать бы ничего не пришлось, и помощь бы сейчасъ явилась.

Слѣдующіе два дня, однако, Сережа провелъ прежнимъ порядкомъ, на третій газетчикъ-Петя чувствовалъ себя хорошо, и искренно поблагодаривъ добраго маленькаго барина за оказанное ему благодѣяніе, уже самъ отправился въ редакцію. Въ этомъ отношеніи Сережа былъ покоенъ; но зато теперь ему оставалось самое трудное — отправиться въ гимназію и выдержать непріятное объясненіе съ начальствомъ.

— Гдѣ вы пропадали*?— строго спросилъ его учитель, когда онъ наконецъ явился въ классъ.

Сережа положительно не зналъ, что отвѣтить, онъ стоялъ, низко опустивъ голову и готовъ былъ расплакаться.

Учитель повторилъ вопросъ, но отвѣта на него не послѣдовало.

— Вы были больны?

Мальчикъ отрицательно покачалъ головою.

— Тогда что же наконецъ васъ задерживало? Да говорите же!

— Я... я... я не могъ придти...— пролепеталъ Сережа едва слышно.

— Почему?

— Не могъ... не могъ и не могъ!— Больше отъ него ничего не добились.

— Хорошо,— сказалъ учитель,— за вашу вину будетъ взыскано согласно общихъ правилъ, теперь потрудитесь пройти въ классъ.

Мальчикъ повиновался.

Когда онъ вошелъ въ классъ, то тамъ только что начался урокъ географіи; въ числѣ другихъ учитель вызвалъ и его, но такъ какъ онъ не могъ не только подготовиться, но даже перелистать заданный наканунѣ урокъ, такъ какъ не посѣщалъ гимназіи и не слѣдилъ за тѣмъ, что тамъ въ это время проходили, то отъ отвѣта принужденъ былъ отказаться.

Такой печальный фактъ за все время пребыванія его въ гимназіи случился первый разъ; какъ учитель, такъ равно и товарищи не знали чѣмъ это объяснить; въ глубинѣ души каждый жалѣлъ Сережу, но, Сережѣ отъ этого было все-таки не легче.

— Вы домой не пойдете, а останетесь въ классѣ, до тѣхъ поръ, пока Господинъ Инспекторъ лично переговоритъ съ вашимъ отцомъ,— объявилъ ему учитель, когда занятія кончились и ученики стали собираться уходить по домамъ.

Сережа отнесся къ своему наказанію совершенно спокойно, онъ чувствовалъ, что совѣсть его чиста и просилъ только, ежели можно, дать знать домашнимъ, чтобы его не ожидали и не тревожились.

"Сережа наказанъ безъ отпуска!" — быстро разнеслось по училищу.

"Сережа наказанъ, Сережа наказанъ",— шепотомъ повторяли между собою всѣ его товарищи, какъ бы не желая вѣрить въ возможность чего-либо подобнаго.

Вѣсть о его наказаніи пришла домой въ ту самую минуту, когда отецъ и мать только-что вернулись изъ Москвы и пріѣхали съ поѣзда.

Они тоже находились въ полномъ недоумѣніи и конечно желая разыскать суть дѣла, прежде всего обратились къ мистриссъ Рочь, но мистриссъ Рочь знала столько же, сколько они сами. Тогда позвали прислугу,— которая на всѣ вопросы только пожимала плечами, да украдкой плакала о томъ, что ихъ добрый, хорошій баринъ навѣрное попался черезъ шалости какого-нибудь товарища, такъ какъ самъ на это не способенъ.

Одна только Соня знала истину, но она находилась въ нерѣшимости, какимъ образомъ открыть тайну родителямъ, такъ какъ мистриссъ Рочь неотлучно оставалась съ ними.

Выбравъ наконецъ удобную минутку, она увела отца въ кабинетъ и тамъ чистосердечно созналась въ томъ, что ей было извѣстно касательно болѣзни газетчика Пети и того, что Сережа, отказавшись ходить въ гимназію нѣсколько дней подъ рядъ, разносилъ за него газеты.

Тогда папа, несмотря на усталость, вызванную недавнимъ путешествіемъ, сейчасъ же поѣхалъ въ гимназію. Сережа встрѣтилъ его съ распростертыми объятіями, но отъ сильнаго нравственнаго волненія не могъ проговорить ни слова.

— Я знаю все, мой другъ,— сказалъ отецъ, нѣжно прижимая его къ груди, и затѣмъ пошелъ въ пріемную комнату начальника гимназіи, откуда по прошествіи нѣсколькихъ минутъ они вышли вмѣстѣ.

— Я никогда не сомнѣвался въ томъ, что вы хорошій, честный мальчикъ,— обратился начальникъ къ Сережѣ,— сегодня предположеніе мое доказано на дѣлѣ; снимаю съ васъ всякое наказаніе, отправляйтесь спокойно домой, и въ награду за вашъ примѣрный поступокъ, прсдлагаю слѣдующее: У насъ въ гимназіи есть одна ваканція, которая предоставляется безплатно первому назначенному мною ученику;— вы можете объявить вашему маленькому газетчику, что эта ваканція его.

— Что же касается заработка, которымъ онъ помогаетъ матери поддерживать семью,— то съ того дня какъ онъ поступитъ ко мнѣ въ гимназію, я изъ собственныхъ моихъ суммъ буду выдавать ему по 15 руб. въ мѣсяцъ, мальчикъ не будетъ въ потерѣ.

Слушая рѣчь начальника, Сережа въ первую минуту не смѣлъ даже вѣрить собственнымъ ушамъ. Нѣсколько минутъ онъ продолжалъ стоять неподвижно, но затѣмъ наконецъ, какъ бы опомнившись и встрепенувшись, съ трудомъ сдерживая слезы радости, принялся благодарить его.

— Не за что, мой дорогой, право не за что,— возразилъ начальникъ.— Мнѣ, скорѣе надобно принести вамъ сердечную, глубокую благодарность за то, что вы Дали возможность сдѣлать доброе дѣло, о чемъ я давно мечталъ, но все какъ-то не приходилось.

Никакое перо не въ состояніи описать того восторга, который испытывалъ Сережа; выйдя изъ гимназіи онъ упросилъ отца, не заходя домой, прямо отправиться къ маленькому газетчику, который, узнавъ обо всемъ случившемся, пришелъ въ такое волненіе, что прежде всего истерически разрыдался, потомъ упалъ на колѣни передъ висѣвшимъ въ углу образомъ и наконецъ, поднявшись съ полу, принялся покрывать обѣ руки Сережи безконечными поцѣлуями... Онъ такъ давно, такъ сильно жаждалъ учиться — но развѣ ему было время думать объ ученьи, или о школѣ, когда дома царила постоянная нужда и его 40 коп., заработанныя подчасъ непосильнымъ трудомъ,— составляли чуть ли не вопросъ жизни?

Зима

Сказочка

— Какова сегодня погода?— Спросилъ маленькій Павликъ у своей нянюшки, которая утромъ пришла будить его.

— Превосходная,— отвѣчала нянюшка довольнымъ тономъ,— солнце свѣтитъ весело, совсѣмъ по весеннему, воздухъ теплый, а снѣгъ такъ и таетъ...

— Ну, довольно, довольно — это меня нисколько не радуетъ — перебилъ мальчуганъ, и сердито повернувшись къ стѣнѣ, намѣревался заснуть снова.

— Павликъ, да нельзя же такъ; мама приказала выходить къ чаю; въ столовой кромѣ тебя всѣ уже собрались,— ворчала няня, и принялась вторично будить Павлика. Павликъ поморщился, но тѣмъ не менѣе началъ одѣваться.

— Ахъ, няня, ежели бъ ты знала какъ мнѣ скучно, что зима проходитъ,— заговорилъ онъ упавшимъ голосомъ.

— Есть о чемъ скучать! Лѣтомъ еще веселѣе.

— Нѣтъ, няня, самое лучшее мое веселье заключается въ томъ, чтобы кататься въ санкахъ, бѣгать на конькахъ, играть въ снѣжки и лѣпить изъ снѣга разныя фигуры.

— Подожди до будущаго года.

— Это легко сказать! Ждать столько времени!..

— Одѣвайся скорѣе, да или въ столовую, чай совсѣмъ простынетъ.

И дѣйствительно, когда Павликъ сѣлъ къ столу, гдѣ вся остальная семья давно уже была въ сборѣ, то чай оказался чуть тепленькимъ, самыя вкусныя булки съѣденными, а отъ его любимыхъ сахарныхъ сухарей осталось одно воспоминаніе.

Павликъ всѣмъ этимъ былъ очень недоволенъ, въ особенности, когда Марина, такъ звали нянюшку, сказала, что такъ ему и слѣдуетъ за то, что проспалъ слишкомъ долго. Шутка няни окончательно испортило его расположеніе духа. Онъ чувствовалъ себя обиженнымъ болѣе чѣмъ когда либо: сѣтовалъ на весеннее солнышко, съѣдавшее снѣгъ съ такою жадностью, и до сихъ поръ не могъ примириться съ мыслью, что по случаю постоянныхъ оттепелей въ продолженіе минувшей зимы катался въ саняхъ рѣдко, коньки одѣвалъ счетомъ не болѣе десяти разъ, снѣжныхъ фигурокъ совсѣмъ не лѣпилъ, а въ снѣжки не имѣлъ охоты даже играть, потому что снѣгъ былъ совсѣмъ рыхлый.

84

Каждый разъ какъ няня приходила будить его, онъ задавалъ ей одинъ и тотъ же вопросъ: "какова погода, есть ли морозъ?" и въ случаѣ отрицательнаго отвѣта оставался очень недоволенъ, а отрицательный отвѣтъ получался почти ежедневно.

— Подождемъ до завтра,— говорила въ утѣшеніе няня. Такимъ образомъ продолжалось почти все время.

Въ минуту моего разсказа, какъ мы видимъ, Павликъ по этому поводу началъ свой день невесело.

Выпивъ наскоро полухолоднаго чая съ простой французской булкой, онъ отправился въ школу и только-что успѣлъ спуститься съ лѣстницы, какъ на встрѣчу ему показался почтальонъ, который зналъ его давно, такъ какъ нѣсколько лѣтъ подъ рядъ носилъ его родителямъ письма и газеты.

— Вамъ, баринъ, есть письмо,— обратился онъ къ мальчику, почтительно снявъ шапку.

Павликъ протянулъ руку, и почтальонъ подалъ ему небольшой конвертикъ съ четко написаннымъ адресомъ. Письмо оказалось отъ брата матери Павлика, т.-е. отъ его родного дяди, "дяди Степы", какъ всѣ его называли; письма этого Павликъ ждалъ давно, ждалъ съ большимъ нетерпѣніемъ, такъ какъ дядя Степа обѣщалъ въ началѣ недѣли пріѣхать за нимъ на собственныхъ лошадяхъ и увезти кататься за городъ на цѣлый день; теперь же дядя увѣдомлялъ, что по случаю оттепели, поѣздка состояться не можетъ.

— Часъ отъ часу не легче,— пробормоталъ Павликъ прочитавъ письмо, и вслѣдъ затѣмъ скомкавъ его, бросилъ въ сторону.

Придя въ школу, мальчуганъ занимался неохотно, отвѣчалъ разсѣянно, задачу рѣшилъ невѣрно, за что учитель конечно поставилъ ему дурную отмѣтку, и онъ окончательно недовольный всѣмъ и всѣми, пришелъ домой такимъ хмурымъ, какимъ его давно никто не запомнилъ.

Рано ложиться спать онъ не любилъ, такъ что обыкновенно въ этомъ его всегда приходилось не только уговаривать, но даже упрашивать; сегодня же, напротивъ, не было еще и половины десятаго, какъ онъ ушелъ въ свою комнату, раздѣлся, легъ и противъ всякаго ожиданія почти сейчасъ же заснулъ крѣпкимъ богатырскимъ сномъ.

Около полуночи его разбудилъ какой-то шорохъ. Онъ мгновенно проснулся, открылъ глаза и увидѣлъ, что какая-то фигура стоитъ около его изголовья и пристально на него смотритъ. Луна своимъ серебристымъ свѣтомъ освѣщала всю комнату, благодаря чему Павликъ тоже могъ свободно разсмотрѣть нежданную посѣтительницу, которая оказалась очень симпатичною старушкой, одѣтою во все бѣлое; на головѣ она имѣла мохнатую шапку такого же цвѣта, всю унизанную блестками, изъ подъ шапки выбивались длинныя пряди сѣдыхъ волосъ, а лицо казалось совсѣмъ еще молодымъ, свѣжимъ, румянымъ, при чемъ глаза горѣли точно двѣ звѣздочки.

Павликъ, противъ, всякаго ожиданія," нисколько не испугался.

— Кто ты?— смѣло спросилъ онъ оригинальную старушку, приподнявшись на кровати.

— "Зима",— отвѣчала послѣдняя.— Хотя я уже довольно далеко ушла отсюда, но услыхавъ, какъ ты обо мнѣ скучаешь, въ то время какъ другіе радуются моему уходу, рѣшила воротиться, чтобы предложить тебѣ слѣдовать за мною въ мое царство, конечно, если только ты этого желаешь,

— Я охотно готовъ согласиться,— съ радостію отозвался Павликъ,— но что подумаютъ мои родители, если я уйду отъ нихъ такъ далеко?

— Мы полетимъ съ быстротою молніи, и къ тому же ты, оставаясь для всѣхъ невидимкой, можешь вернуться. когда захочешь.

— Хорошо,— согласился Павликъ,— я сейчасъ надѣну теплое платье,— и быстро соскочивъ съ кровати, мальчуганъ началъ одѣваться.

— Это совершенно лишнее,— снова заговорила старушка,— въ моемъ царствѣ теплое платье твое непригодно, мы дадимъ тебѣ другое.

Затѣмъ, нагнувшись къ мальчику, она хотѣла взять его на руки, чтобы выйти какъ можно тише и не разбудить домашнихъ, но Павликъ въ ужасѣ отшатнулся.

— Ахъ, какимъ страшнымъ холодомъ вѣетъ отъ тебя, бабушка!— проговорилъ онъ вполголоса..

— Это, мой другъ, тебѣ кажется съ непривычки. Обтерпишься — будешь доволенъ!

И она поспѣшила закутать мальчика въ свою длинную бѣлую мантію, обшитую горностаемъ, такія мантіи Павликъ видалъ на картинкахъ у царей и царицъ; теперь же подъ нею онъ почувствовалъ себя превосходно.

"Зима" между тѣмъ тихою стопою прошла по всѣмъ комнатамъ, двери для нея отворялись сами собой, безъ всякаго шума, и Павликъ не успѣлъ глазомъ моргнуть, какъ уже увидѣлъ себя сидящимъ рядомъ съ бабушкою въ прекрасныхъ саняхъ, скованныхъ изъ чистаго серебра и золота. Бабушка прикрыла его полостью изъ бѣлаго пушистаго мѣха, и прошептала сидѣвшему на козлахъ кучеру: "пошелъ!"

Санки мигомъ понеслись впередъ, понеслись съ такой неимовѣрной быстротою, что у Павлика даже захватило дыханіе, но это продолжалось одно мгновеніе, онъ вскорѣ совершенно успокоился и принялся внимательно разглядывать сани, бабушку и сидѣвшаго на козлахъ кучера, который тоже былъ одѣтъ во все бѣлое. Не могъ онъ только разглядѣть лошадей, да впрочемъ порой ему начинало казаться, что ихъ вовсе не было, и онъ настолько заинтересовался этимъ обстоятельствомъ, что для разъясненія вопроса рѣшилъ даже обратиться къ бабушкѣ со. слѣдующими словами:

— Бабушка, какъ могутъ лошади бѣжать такъ быстро? вѣдь мы подвигаемся впередъ скорѣе поѣзда.

— Мы не на лошадяхъ ѣдемъ,— ласково отозвалась бабушка-зима,— насъ несетъ на крыльяхъ вѣтеръ.

Павликъ сталъ оглядываться, и послѣ минутнаго наблюденія, дѣйствительно замѣтилъ, что сани какъ бы прикрѣплены къ какому-то громадному необычайному крылу, совсѣмъ не похожему на тѣ крылья, которыя онъ видывалъ у птицъ, даже такихъ большихъ, какъ напримѣръ гуси и лебеди.

Сначала они неслись надъ поверхностью города, и Павликъ могъ еще различить крыши домовъ, за тѣмъ, кромѣ верхушекъ высокихъ деревьевъ, покрытыхъ инеемъ, ничего не было видно Нѣсколько же минутъ спустя и это пропало; они очутились подъ самыми облаками, затѣмъ Павликъ замѣтилъ, что сани ея какъ будто опускаются подъ гору.

— Мы заѣдемъ немного отдохнуть къ моему двоюродному брату,— сказала бабушка, и когда сани спустились на землю среди густого сосноваго лѣса,— то приказала кучеру остановиться.

— Здѣсь живетъ мой братъ, съ которымъ мы очень дружны,— продолжала старушка,— я не могу, проѣзжая мимо, не заѣхать къ нему; ты его тоже хорошо знаешь, это добрый знакомый всѣхъ послушныхъ и умныхъ дѣтокъ, такъ называемый "Рождественскій дѣдушка".

— О, да, да, я знаю его отлично — вскричалъ Павликъ,— и очень радъ случаю сойтись съ нимъ ближе.

Бабушка-зима вышла изъ саней; Павликъ послѣдовалъ за нею; въ виду того, что жилище Рождественскаго дѣдушки находилось среди самой густой и непроходимой чащи лѣса, сани подъѣхать къ нему не могли и потому путешественникамъ пришлось нѣсколько пройти пѣшкомъ.

Увидавъ ихъ Рождественскій дѣдушка поспѣшилъ выйти на встрѣчу; онъ точно такъ же какъ и бабушка-зима, былъ одѣтъ во все бѣлое, и изъ-подъ такой же мохнатой шапки у него выбивались опять-таки, точно такіе же сѣдые волосы. Съ перваго взгляда они очень походили другъ на друга, но дѣдушка, какъ мужчина, имѣлъ длинную сѣдую бороду, которая спускалась ниже пояса.

— Добро пожаловать,— сказалъ онъ, обращаясь къ своимъ гостямъ и протягивая руку.— Я уже никакъ не разсчитывалъ видѣться съ вами въ это время года, такъ какъ послѣ рождественскаго праздника обыкновенно никуда не показываюсь, но какимъ это вѣтромъ занесло тебя сюда, милая сестрица?

— Я привела тебѣ одного маленькаго мальчика, который страшно скучалъ безъ меня, и котораго я теперь взяла съ собою. Примешь насъ отдохнуть и обогрѣться?

Рождественскій дѣдушка очень любезно повелъ ихъ въ свое жилище, то есть лучше сказать въ ту громадную пещеру, находящуюся въ скалѣ, которая-ему его замѣняла,— и просилъ расположиться въ ней безъ всякой церемоніи, какъ дома.

Пещера оказалась довольно обширною, въ глубинѣ ея находился каминъ; въ ту минуту, какъ Павликъ подошелъ къ нему онъ разгорѣлся самъ собою. Мальчикъ началъ съ любопытствомъ оглядываться по- сторонамъ, и увидалъ, что всѣ стѣны пещеры съ верху до низу покрыты плющемъ и прочими тому подобными вьющимися растеніями; свѣтъ въ пещеру проникалъ откуда-то сверху и напоминалъ электричество; въ одномъ изъ угловъ висѣлъ на золотомъ гвоздѣ мѣшокъ, въ которомъ добрый дѣдушка передъ Рождествомъ приноситъ умнымъ и послушнымъ дѣтямъ подарки и лакомства, тутъ же въ углу лежали розги для тѣхъ малютокъ; которыя лѣнятся, шалятъ и не слушаютъ своихъ родителей. Вездѣ, куда ни оглянешься, валялась масса всевозможныхъ игрушекъ: барабановъ, ружей, маленькихъ пушекъ, осѣдланныхъ и неосѣдланныхъ лошадокъ, большихъ и маленькихъ куколъ, изъ которыхъ однѣ были богато одѣты, а другія, напротивъ, совершенно скромно; тутъ же на полу лежали балерины, невѣсты, гусары, трубочисты, и многое множество тому подобныхъ игрушекъ, такъ что Павликъ не могъ оторвать отъ нихъ своего восхищеннаго взора.

Добрый дѣдушка подвелъ его ближе къ игрушкамъ, и спросилъ, что ему тутъ больше нравится.

— Все, все одинаково прелестно!— съ восторгомъ вскрикнулъ Павликъ.

— Мнѣ очень пріятно это слышать,— отозвался дѣдушка.— Игрушки, которыя ты здѣсь видишь, приготовлены въ подарокъ послушнымъ дѣтямъ на будущій годъ. Въ настоящее же время я занятъ тѣмъ, что золочу орѣхи; у меня на нихъ большой спросъ,— и онъ указалъ рукою на столъ, гдѣ были навалены цѣлыя груды листовъ золотой и серебряной бумаги, затѣмъ стояла баночка съ клеемъ и круглая корзинка, наполненная грецкими орѣхами.

— Здѣсь — сказалъ дѣдушка,— заготовлено тѣсто для пфеферкухенъ, оно кажется хорошо поднялось и пряники обѣщаютъ быть вкусными; тамъ мои кондитеры выдѣлываютъ конфекты; тутъ марцыпанные леденцы, а на полкѣ внизу стоятъ уже готовыя, разныя, вкусныя вещи изъ шоколаду. Конечно приготовленіе всего этого требуетъ большого труда и отнимаетъ много времени,— но потому я никуда и не выхожу, иначе не успѣлъ бы и половины окончить къ сроку. Но впрочемъ до будущаго Рождества еще долго, успѣю всего наготовить: пойди, мой голубчикъ, вотъ къ тому столу, гдѣ лежатъ разныя лакомства, и выбери себѣ, что хочешь,— добавилъ добрый дѣдушка, обратившись къ Павлику. Павликъ не заставилъ себя упрашивать и сдѣлалъ честь угощенію дѣдушки вполнѣ добросовѣстно. Такихъ вкусныхъ вещей онъ еще никогда не кушалъ. Особенно понравился ему пуншъ, который такъ и пѣнился въ стаканѣ.

Затѣмъ дѣдушка предложилъ мальчику выбрать себѣ подарокъ для будущаго Рождества.

Павликъ былъ, какъ говорится, на седьмомъ небѣ. Послѣ тщательнаго осмотра всѣхъ игрушекъ, онъ остановилъ свой выборъ на игрушечныхъ саняхъ, запряженныхъ тройкой деревянныхъ лошадокъ.

— Однако намъ пора отправляться въ дальнѣйшій путь,— напомнила "бабушка Зима" и начала прощаться.

— До свиданья!— многозначительно сказалъ добрый Рождественскій дѣдушка, и выйдя вмѣстѣ съ своими дорогими гостями изъ пещеры, проводилъ ихъ до того мѣста, гдѣ находились сани, которыя тотчасъ же помчались далѣе.

— Бабушка, бабушка, посмотри, что это такое люди или звѣри?— спросилъ Павликъ свою спутницу: — лица у нихъ какъ будто человѣческія, а ноги и туловища совсѣмъ звѣриныя.

— Это лапландцы,— пояснила бабушка,— мои вѣрные поданные, они не боятся стужи и готовы вездѣ за мною слѣдовать.

"Должно быть очень интересно ѣздить на саняхъ такъ, какъ ѣздятъ они,— Подумалъ про себя Павликъ.— Восемь собакъ впряжены въ сани и какъ быстро бѣгутъ! Я бы охотно прокатился съ ними".

— Это желаніе возможное,— громко сказала бабушка-Зима въ отвѣтъ на мысль мальчика, который очень удивился, что бабушка знала даже то, что онъ думаетъ, и прижавшись къ ней ближе, съ любопытствомъ слѣдилъ глазами за всѣмъ тѣмъ, мимо чего проносились ихъ сани. Но вотъ наконецъ они достигли полярныхъ льдовъ, гдѣ было страшно пустынно, и съ неба по всѣмъ направленіямъ разливались какіе-то темно-красные лучи.

— Вѣрно пожаръ!— съ испугомъ вскричалъ Павликъ.

— Нѣтъ, это просто сѣверное сіяніе,— отвѣчала бабушка:— такъ какъ здѣсь солнце не бываетъ въ теченіе полгода, то я должна была замѣнить его сѣвернымъ сіяніемъ.

— Какъ красиво!— восхищался мальчикъ!— Точно смотришь на все черезъ красное стекло, право это чудное сіяніе на небѣ мнѣ нравится гораздо больше, чѣмъ наше электрическое освѣщеніе на землѣ.

Бабушка-Зима самодовольно улыбнулась. Сани между тѣмъ подвигались все впередъ и впередъ; нѣсколько минутъ спустя наши путники увидали передъ собою какую-то громадную ледяную массу. Павликъ въ первую минуту принялъ ее за простую ледяную глыбу, но за-тѣмъ, вглядываясь пристальнѣе, убѣдился, что это былъ великолѣпный замокъ съ зубчатыми башнями, съ высокимъ куполомъ, съ безчисленнымъ множествомъ такъ называемыхъ венеціанскихъ оконъ и съ громадными террасами украшенными колоннами и самыми разнообразными статуями.

Весь этотъ дворецъ былъ вылитъ изъ чистаго, прозрачнаго льда и дѣлалъ впечатлѣніе какъ бы хрустальнаго; онъ до того блестѣлъ и искрился, что порою на него трудно было даже смотрѣть.

Поровнявшись съ главнымъ подъѣздомъ замка, сани остановились и на высокой бѣлоснѣжной лѣстницѣ показалась рослая фигура жокея, одѣтаго въ бѣлую ливрею съ серебряными пуговицами; онъ поспѣшно подскочилъ къ санямъ чтобы помочь выйти изъ нихъ бабушкѣ и ея маленькому гостю

Но каковъ былъ ужасъ Павлика, когда, вглядѣвшись внимательнѣе, онъ замѣтилъ, что вмѣсто лакея у саней стоитъ полярный бѣлый медвѣдь.

— Не бойся; моя прислуга не посмѣетъ никогда нанести вредъ никому изъ моихъ гостей,— поспѣшила успокоить его бабушка, и тогда онъ довѣрчиво позволилъ бѣлому медвѣдю вынуть себя изъ саней и донести до входа въ замокъ, хотя, откровенно говоря, находясь въ объятіяхъ подобнаго субъекта, въ первую минуту, чувствовалъ себя не важно... Но въ общемъ нельзя было не согласиться съ тѣмъ, что бѣлый медвѣдь прекрасно исполнялъ свою обязанность и отличался благовоспитанностью, такъ какъ поставивъ мальчика на полъ, отвѣсилъ ему глубокій, почтительный поклонъ.

Бабушка-Зима поднялась по лѣстницѣ одновременно съ своимъ гостемъ, и проведя его черезъ цѣлую амфиладу богато убранныхъ комнатъ, вошла наконецъ въ столовую, гдѣ былъ накрытъ обильный завтракъ.

— Ты навѣрное усталъ отъ слишкомъ быстрой ѣзды и рѣзкаго воздуха,— обратилась она къ Павлику: — подкрѣпись пищею, въ нашемъ климатѣ нужно кушать больше; возьми пожалуйста что тебѣ нравится: вотъ тутъ морскіе раки, семга, медвѣжій окорокъ — все это очень вкусно; въ особенности же рекомендую пуншъ, который очень освѣжаетъ.

Павликъ поблагодарилъ бабушку за радушное угощеніе и принялся кушать съ большимъ аппетитомъ.

— Ахъ погоди, я знаю чѣмъ угостить тебя!— снова захлопотала бабушка-Зима и подозвала одного изъ бѣлыхъ медвѣдей, которые прислуживали у стола, приказавъ принести своему гостю теплаго оленьяго молока. Павликъ и отъ этого не отказался.

— Теперь или спать,— предложила бабушка,— я просила жену бѣлаго медвѣдя присмотрѣть за тобой, вѣдь ты привыкъ къ услугамъ нянюшки, и одному тебѣ справляться будетъ трудно.

Съ этими словами она проводила. мальчика въ отведенную ему комнату и предложила лечь* на мягкую, бѣлую, медвѣжью шкуру. Медвѣдица, приставленная къ нему въ качествѣ няни, уже ждала его; она очень ловко принялась раздѣвать своего питомца, но если- случалось, что завязки запутывались, то вмѣсто того, чтобы развязать и распутать ихъ, безцеремонно разрывала зубами.

Покончивъ наконецъ съ раздѣваньемъ, она прикрыла мальчика медвѣжьей шкурой, и пожелавъ ему покойной ночи, сама не ушла изъ комнаты, а осталась сидѣть около его кровати пока онъ не заснетъ, что послѣдовало весьма скоро.

На слѣдующее утро мальчуганъ проснулся довольно поздно, бабушка не велѣла будить его, но какъ только онъ открылъ глаза, медвѣдица уже— находилась тутъ.

— Съ добрымъ утромъ,— проговорила она своимъ грубымъ медвѣжьимъ голосомъ и подала Павлику прекрасную бѣлую шубу, отороченную горностаемъ, точно такую, какую онъ наканунѣ видѣлъ у бабушки; затѣмъ проводила его къ бабушкѣ, которая уже ждала ихъ за завтракомъ и приготовила много различныхъ, новыхъ, очень вкусныхъ блюдъ.

— Ты выглядишь сегодня какъ бы печальнымъ?— Что съ тобою?— спросила Зима:— можетъ быть ты чѣмъ недоволенъ?

— Напротивъ, милая бабушка, я всѣмъ доволенъ, только меня безпокоитъ мысль, что мои родители навѣрное тревожатся, не зная гдѣ я, и что со мною; пожалуй еще дадутъ знать въ полицію, что я пропалъ безъ вѣсти и меня будутъ считать бѣглецомъ.

— Не безпокойся, я уже все устроила,— ласково сказала Зима.— Вчера мы объ этомъ толковали съ Рождественскимъ дѣдушкой, который, какъ ты самъ знаешь, хорошо знакомъ со всѣми родителями маленькихъ дѣтей, онъ обѣщалъ предупредить и твоего папу.

Эти слова успокоили Павлика, онъ улыбнулся, и миловидное личико его, на которомъ недавно еще выражалась тревога, теперь приняло спокойное выраженіе.

— Какой чудный снѣгъ идетъ!— воскликнулъ онъ, и какъ весело было бы теперь поиграть въ снѣжки.

— Конечно,— отвѣтила бабушка:— сама я къ сожалѣнію слишкомъ стара для этого, но у меня въ замкѣ есть много бѣлыхъ медвѣжатъ, они навѣрное съ большимъ удовольствіемъ будутъ играть съ тобою.

И она приказала нянѣ-медвѣдицѣ вывести на дворъ полъ-дюжины маленькихъ неуклюжихъ и неповоротливыхъ медвѣженковъ. Павликъ сію же минуту тоже отправился туда, надѣвъ, по приказанію няни-медвѣдицы, свою бѣлую шубку и теплую шапку.

Медвѣжата весело кувыркались въ снѣжныхъ сугробахъ, дѣлали преуморительные прыжки, и по желанію Павлика начали играть съ нимъ, перекидываясь снѣжками.

— Довольно!— сказалъ имъ наконецъ Павликъ, почувствовавъ себя утомленнымъ:— давайте лучше лѣпить изъ снѣга человѣка.

Медвѣжата сейчасъ же послушались, они наперебой другъ передъ другомъ бросились за снѣгомъ и натаскали его такое множество, что менѣе чѣмъ черезъ полчаса, человѣческая фигура почти во весь ростъ оказалась готовою.

— Теперь я не прочь былъ бы покататься съ горъ,— заявилъ Павликъ.

Добрая бабушка должно быть предвидѣла желанія своего маленькаго гостя, потому что на дворѣ давно уже была устроена хотя небольшая, но очень удобная горка, на поверхности которой находились сани, такіе изящныя и миніатюрныя, что ими можно было залюбоваться. Павликъ расположился въ нихъ весьма удобно, и когда одинъ изъ медвѣжатъ толкнулъ санки сзади, то они покатились внизъ съ такой неимовѣрной быстротою, что у него захватывало дыханіе. Онъ никогда въ жизни еще не ѣздилъ такъ быстро, и это ему до того нравилось, что онъ готовъ былъ кататься съ горъ хотя цѣлый день; но потомъ вспомнилъ, что надо еще успѣть побѣгать на конькахъ. Такимъ образомъ одно удовольствіе смѣнялось другимъ... Павликъ чувствовалъ себя счастливымъ: онъ даже потерялъ счетъ днямъ, недѣлямъ и мѣсяцамъ. Но несмотря на все это, Зима отъ времени до времени подмѣчала, что мальчуганъ норою становится задумчивъ.

— Не хочешь ли ты еще чего-нибудь особеннаго, новенькаго?— спрашивала она его тогда:— скажи откровенно.

— Да вотъ, видишь ли, бабушка,— отвѣчалъ мальчикъ,— конечно бѣлые медвѣжата очень добрыя существа, и мнѣ съ ними весело, но все же они вѣдь не люди, а я очень былъ бы радъ поиграть съ такими же дѣтьми, какъ самъ.

— Желаніе твое довольно трудно исполнить, мой другъ,— отозвалась Зима,— но во всякомъ случаѣ не невозможно; я постараюсь привести къ тебѣ нѣсколько лапландскихъ мальчиковъ.

И на слѣдующее утро едва только Павликъ открылъ глаза, какъ увидѣлъ передъ собою двухъ маленькихъ лапландцевъ, укутанныхъ съ головы до ногъ въ звѣриныя шкуры. Они выглядѣли страшно неуклюжими, походили скорѣе на двуногихъ медвѣжатъ чѣмъ на людей, и хотя годами были не моложе Павлика, но ростъ имѣли чрезвычайно маленькій. Пару ясность ихъ тоже не отличалась привлекательностью: у нихъ были какіе-то широкіе сплюснутые носы, необыкновенно большіе рты, узкіе, преузкіе глазки точно щелочки. Когда Павликъ подошелъ къ нимъ ближе, то замѣтилъ, что ко всему этому отъ нихъ еще какъ-то противно пахнетъ жиромъ; они привели съ собою нѣсколько собакъ, но такихъ безобразныхъ, злыхъ и непріятныхъ, какихъ Павликъ еще никогда не видывалъ. Къ играмъ въ снѣжки мальчики лапландцы оказались неспособными, хотя бѣгать очень любили. Они предложили Павлику сѣсть въ ихъ длинныя санки, запряженныя собаками, которыя съ страшнымъ пронзительнымъ лаемъ потащили его внизъ по ледяной горѣ. Это была единственная забава, приходившаяся маленькимъ лапландцамъ по сердцу: они хохотали отъ души и что то бормотали на непонятномъ для Павлика языкѣ, указывая на него пальцами.

Павликъ чувствовалъ себя неловко; онъ сожалѣлъ даже о томъ, что бабушка выписала для него этихъ уродцевъ, и находилъ, что игра, съ медвѣжатами во сто разъ интереснѣе.

Когда настало время обѣда, лапландцы ни за что не хотѣли идти въ замокъ. Бабушкѣ-Зимѣ стоило большого труда уговорить ихъ, но наконецъ они все-таки послушались и, сѣвъ за столъ, съ жадностью набросились на кушанье; вилокъ и ножей они совсѣмъ не употребляли, а ѣли просто руками, при чемъ безцеремонно залѣзали грязными пальцами въ миски, блюда и соусники. Въ особенности набросились они на медвѣжій окорокъ, и ловко отрывая отъ него куски, поспѣшно запихивали ихъ за обѣ щеки, при чемъ нерѣдко ссорились между собою за тѣ куски, которые казались имъ вкуснѣе.

Павликъ смотрѣлъ на нихъ съ невольнымъ отвращеніемъ; они же между тѣмъ, увлекаясь ѣдой, не обращали на него никакого вниманія, и когда окорокъ оказался весь истрепаннымъ, то стали просить пить.

Бѣлый медвѣдь, прислуживающій за столомъ, по приказанію бабушки, принесъ два большихъ ледяныхъ кувшина — одинъ былъ наполненъ оленьимъ молокомъ, другой — пуншемъ. Къ оленьему молоку мальчики даже не прикоснулись, объявивъ, что этотъ напитокъ имъ и дома надоѣлъ; но что касается до пунша, то съ разу почти опустошили весь кувшинъ, и повидимому ничего не имѣли противъ - сдѣлать еще повтореніе, но бабушка Зима нашла это лишнимъ.

— Теперь значитъ мы снова можемъ приняться за игры,— сказали тогда лапландскіе мальчики.

— Мнѣ кажется, прежде вамъ не мѣшало бы вымыть ваши руки и лица,— обратился къ нимъ Павликъ:— посмотрите на кого вы похожи?

Мальчики взглянули на него съ удивленіемъ.

— Вымыть руки и лица,— повторили они въ одинъ голосъ:— зачѣмъ?— развѣ это такая игра?

— Нѣтъ,— возразилъ Павликъ и принялся объяснять имъ, что каждый благовоспитанный человѣкъ долженъ прежде всего быть опрятнымъ. Мальчики продолжали смотрѣть на него съ разинутыми ртами.

— Ступайте, вымойтесь,— сказалъ онъ тогда коротко.

— Къ чему мы будемъ мыться? не надо... Это совершенно лишнее, чѣмъ больше на насъ грязи, тѣмъ намъ теплѣе!

Павликъ, въ свою очередь, взглянулъ на нихъ удивленными глазами; ему невольно припомнилось добродушное лицо няни Марины, которая отличалась такою замѣчательною чистоплотностью, что подъ часъ даже надоѣдала, преслѣдуя каждое пятнышко, не только на платьѣ, но и на полу.

— Что сказала бы она на это!— воскликнулъ онъ громкимъ голосомъ и расхохотался.

Да и самъ онъ тоже очень любилъ чистоту, а потому маленькіе лапландцы съ каждой минутой все больше и больше его отъ себя отталкивали.

"Хоть бы они скорѣе ушли", подумалъ про себя мальчикъ, и оставивъ ихъ однихъ, подошелъ къ бабушкѣ.

— Что, они тебѣ, кажется, не нравятся?— спросила она своего маленькаго гостя, угадывая его мысль по лицу.

— Ничего... только вотъ зачѣмъ они такіе грязные... Я первый разъ въ жизни вижу подобныхъ людей; вѣришь ли, бабушка, мнѣ было противно смотрѣть на нихъ, когда они ѣли...

— Мнѣ очень грустно, что мое стараніе развлечь тебя не удалось, поэтому я поспѣшу отправить лапландцевъ домой.

Когда имъ объ этомъ объявили, они печально склонили головы, имъ, конечно, очень не хотѣлось уходить изъ замка, гдѣ ихъ такъ вкусно угощали, что же касается Павлика, то онъ простился съ ними безъ всякаго сожалѣнія.

Оставшись одинъ, мальчикъ невольно задумался, ему начала уже немного надоѣдать окружающая обстановка.

— У васъ здѣсь совсѣмъ нѣтъ птицъ, не только такихъ, которыя умѣютъ пѣть, а даже простыхъ воронъ,— обратился онъ къ своей нянюшкѣ-медвѣдицѣ, всюду ходившей за нимъ слѣдомъ.

— Такъ далеко на сѣверъ зимой онѣ не залетаютъ,— отвѣчала ему медвѣдица:— теперь здѣсь слишкомъ холодно; вотъ лѣтомъ другое дѣло, но зато у насъ водятся тюлени. Не хочешь ли посмотрѣть?

— Какое мнѣ дѣло до вашихъ тюленей,— съ досадой отозвался Павликъ.— Надоѣли вы мнѣ всѣ, надоѣли до невозможности!

— Если ты серьезно такъ соскучился у насъ, дружокъ, то я могу, пожалуй, обратно отвести тебя домой,— раздался вдругъ ласковый голосъ бабушкиЗимы.

Павликъ сконфузился; ему совѣстно было, посмотрѣть въ глаза доброй бабушки, которая такъ усердно старалась доставить ему всевозможное удовольствіе, и которой онъ, въ свою очередь, въ настоящую минуту за все это отплатилъ.грубостью.

— Бабушка, милая, не сердись, прости меня,— обратился онъ къ ней почти со слезами.— Мнѣ не слѣдовало выражаться такъ, но это случилось само собой, помимо моей воли..

— Я и. не думаю на тебя сердиться, голубчикъ, оно вполнѣ понятно, вполнѣ естественно. Ты попалъ совсѣмъ въ другой міръ, сначала тебѣ это нравилось, сначала все здѣсь тебя забавляло, ну а потомъ прискучило, домой потянуло... Иди, съ Богомъ ложись спать, сегодня пускаться въ путь уже поздно, но завтра, какъ только ты проснешься, мы сейчасъ же поѣдемъ...

Павликъ ничего не отвѣчалъ. Какъ ни ласково говорила съ нимъ бабушка-Зима, какъ ни справедливы были въ сущности ея слова, но Павлику невольно слышался въ нихъ какъ-бы укоръ; онъ готовъ былъ взять назадъ свои слова, готовъ былъ просить оставить его навсегда въ странѣ холода и въ обществѣ бѣлыхъ медвѣдей, но въ то же самое время, при одной мысли о чемъ-либо подобномъ, онъ чувствовалъ, что его охватываетъ ужасъ и гнетущая, непроходимая тоска по родинѣ.

Съ тяжелымъ сердцемъ легъ онъ въ постель, нѣжно охватилъ рученками мохнатую шею бѣлой медвѣдицы, когда она по обыкновенію, уложивъ его спать, пожелала спокойной ночи, и какъ только ея грузные шаги затихли, такъ, привалившись головой къ подушкѣ, горько, горько заплакалъ, а затѣмъ по прошествіи непродолжительнаго времени, совершенно незамѣтно для самого себя, заснулъ крѣпкимъ, богатырскимъ сномъ, какъ обыкновенно спятъ маленькія дѣти, наплакавшись вдоволь.

Когда онъ открылъ глаза, то въ комнатѣ было уже свѣтло,

хотя свѣтъ казался ему не такимъ, какъ отъ сѣвернаго сіянія, но тѣмъ не менѣе очень пріятнымъ.

— Ну-ка, няня-медвѣдица; давай одѣваться, гдѣ мои чулки и сапожки,— обратился Павликъ къ стоявшей на обычномъ мѣстѣ около изголовья нянюшкѣ, съ которой онъ заговорилъ даже, не оглядываясь.

— Что за глупости ты говоришь Павликъ, какъ тебѣ не стыдно называть меня медвѣдицей?— отозвалась няня недовольнымъ тономъ.

Павлику показалось, что отвѣтившій ему въ данную минуту голосъ, совсѣмъ не похожъ на голосъ его косматой няни; онъ приподнялся съ подушки, повернулъ голову, и что же? вмѣсто няни-медвѣдицы передъ нимъ стояла его прежняя няня Марина, которую онъ такъ любилъ и которую постоянно спрашивалъ: "какова сегодня погода?"

— Няня, какими судьбами ты здѣсь? "

— Господь съ тобою, Павлуша, что ты такое говоришь неладное, гдѣ же мнѣ и быть, какъ не здѣсь?

— Но гдѣ же бабушка-Зима, гдѣ нашъ ледяной дворецъ, гдѣ серебряные сани, бѣлые медвѣди, гдѣ противные, грязные лапландцы?

Няня Марина смотрѣла на своего питомца съ удивленіемъ.

— Ба, ба, ба!— вскричалъ наконецъ Павликъ, ударивъ себя по лбу, теперь я понимаю, это все было не болѣе какъ сонъ... И съ этими словами онъ поспѣшилъ соскочить съ кровати, одѣться, умыться, помолиться Богу, выйти въ столовую, чтобы не остаться безъ любимыхъ булокъ и не получить холодный чай по примѣру вчерашняго... За чаемъ онъ громко разсказалъ свой сонъ и, побывавъ въ царствѣ холода и льда, хотя и не на-яву, разъ на всегда пересталъ сердиться на то, что наступаетъ весна и снѣгъ начинаетъ таять.

Русалки

На обрывѣ скалистой горы, по берегу моря, стоялъ маленькій домикъ, принадлежащій одной не богатой старушкѣ, которая жила въ немъ со своими внуками.

Старшаго звали Ваней; онъ былъ здоровый, рослый мальчуганъ, главнымъ образомъ занимавшійся рыбною ловлею, благодаря чему имѣлъ хорошій заработокъ, служившій не малымъ подспорьемъ, тѣмъ болѣе, что Ваня кромѣ того въ свободное время самъ исполнялъ различныя домашнія работы, такъ что посторонняго работника нанимать не приходилось, онъ вскапывалъ гряды въ огородѣ, кололъ дрова, носилъ воду, однимъ словомъ, дѣлалъ все, въ чемъ встрѣчалась надобность.

Сестра его Маша съ своей стороны тоже не сидѣла сложа руки; по наружности очень похожая на Ваню, она и въ остальномъ отъ него не отставала; копать гряды, колоть дрова и носить воду она, конечно, не могла, но зато, на ея рукахъ лежало все хозяйство, которое она вела въ замѣчательномъ порядкѣ; бабушка ни во что не вмѣшивалась, хотя, несмотря на преклонныя лѣта, праздности не любила, и если по слабости силъ ни убирать комнатъ, ни варить кушанья, ни стирать бѣлья уже, конечно, не могла, то починку бѣлья, вязанье чулокъ, и прочія, тому подобныя женскія рукодѣлія выполняла въ совершенствѣ.

Такимъ образомъ они жили втроемъ, повидимому, совершенно счастливо.

О бабушкѣ и о Машѣ выразиться такъ можно было вполнѣ безошибочно, но что касается до Вани, то онъ въ глубинѣ души порою оставался недоволенъ окружающею обстановкою, и очень тяготился непосильнымъ трудомъ. Отъ бабушки онъ тщательно скрывалъ свои мрачныя думы и въ ея присутствіи всегда старался казаться даже веселымъ, но съ сестрою часто говорилъ откровенно*

— Ваня, я тебя не понимаю,— сказала ему однажды Маша:— ты порою бываешь такой сумрачный, все тебѣ не по вкусу, все ворчишь... вѣдь это не хорошо, бери съ меня примѣръ, я работаю съ утра до ночи и никогда не скучаю.

— А я, развѣ не работаю?— отозвался мальчикъ нѣсколько обиженнымъ голосомъ.— Кажется тружусь довольно...

— Милый, да я тебя и не упрекаю, а говорю только, что для меня непонятно, почему ты бываешь угрюмъ и всѣмъ недоволенъ.

— Непонятно это для тебя Машутка?

— Положительно.

— Могу объяснить, ежели хочешь.

— Пожалуйста.

— Работать я, конечно, буду, потому что безъ работы мы существовать не можемъ, наша бабушка слишкомъ стара. Какъ ты, такъ равно и я должны ее поддерживать...— Но еслибы ты знала, до чего эта противная работа мнѣ иногда надоѣдаетъ, и до чего становится досадно видѣть, какъ на долю однихъ людей въ жизни выпадаетъ все только хорошее, отрадное, веселое, а другимъ напротивъ...

— Опять-таки, Ваня, я не возьму въ толкъ, къ чему ты все это говоришь. Развѣ на нашу долю, напримѣръ, ужъ ничего не выпадаетъ хорошаго?

— Если не ничего, то во всякомъ случаѣ очень мало.

— А я такъ своею жизнью вполнѣ довольна.

— Потому что ты не знаешь жизнь и дальше на шей убогой хижины не дѣлаешь шага, я же, таскаясь по городу съ моей рыбой и продавая ее большей частью людямъ богатымъ, вижу какъ они пользуются благами жизни, о которыхъ мы съ тобою не можемъ имѣть и понятія...

— Но, Ваня, развѣ они не могутъ при всемъ этомъ оставаться несчастными; почемъ ты знаешь, можетъ быть, многіе изъ нихъ еще намъ съ тобою позавидуютъ.

Мальчикъ насмѣшливо улыбнулся, и "покачалъ головою.

— Не думаю,— сказалъ онъ послѣ минутнаго молчанья:— намъ съ тобою завидовать не въ чемъ.

— Какъ не въ чемъ, а хотя бы въ томъ, что мы пользуемся хорошимъ здоровьемъ?

— Они за то пользуются богатствомъ, что гораздо лучше...

— Пересданъ, перестань,— перебила Маша испуганно.— Здоровье для человѣка главное.

— А по-моему богатство...

Маша вмѣсто отвѣта поспѣшила закрыть ладонью ротъ брата, какъ бы для того, чтобы помѣшать ему говорить дальше, и затѣмъ перевела рѣчь на другое; при всемъ ея стараніи разговоръ, однако, не вязался. Ваня отвѣчалъ нехотя, невпопадъ, а подъ конецъ и совсѣмъ замолчалъ, притворившись спящимъ; тогда Маша осторожно приподнялась съ мѣста и хотѣла уйти.

— Я не сплю,— проговорилъ мальчикъ внезапно открывъ глаза.— Я думаю... и знаешь о комъ?

Маша отрицательно покачала головою.

— О русалкахъ.

— О русалкахъ!— повторила она громко, расхохотавшись.— Какъ тебѣ не стыдно занимать голову подобными пустяками?.. Что же ты о нихъ думаешь?

— Думаю, какъ хорошо имъ живется въ прекрасномъ подводномъ царствѣ; сколько у нихъ тамъ разныхъ драгоцѣнностей, богатства, какъ онѣ пріятно и весело проводятъ время...

— Перестань Ваня, не смѣши; ты говоришь такъ, точно русалки въ самомъ дѣлѣ живыя существа; вѣдь ихъ въ дѣйствительности нѣтъ, вѣдь онѣ существуютъ, только въ сказкахъ...

— По-твоему такъ, а по-моему иначе,— твердо возразилъ мальчикъ.— Каждый разъ, когда я бываю по близости моря, мнѣ почему-то кажется, что рано или поздно непремѣнно увижу русалку, которая сдѣлаетъ меня богатымъ. Вотъ тебѣ разгадка, почему я такъ люблю сидѣть на берегу и по цѣлымъ часамъ смотрѣть на воду.

Маша пожала плечами; нѣсколько минутъ спустя встала съ мѣста и пошла на огородъ полоть гряды. Ваня тоже направился было туда посмотрѣть, успѣли ли просохнуть его рыболовныя сѣти, которыя онъ недавно тщательно выполоскалъ — но затѣмъ передумалъ, и вмѣсто того, чтобы идти въ огородъ, отправился по склону обрыва, ведущему къ берегу моря.

Нелѣпая мысль о возможности увидѣть русалокъ не покидала его съ тѣхъ поръ, какъ недавно одинъ изъ товарищей далъ ему прочитать книгу, въ которой онъ случайно напалъ на чрезвычайно интересную сказку о. русалкахъ, жившихъ въ прекрасномъ хрустальномъ дворцѣ подъ водою и расточавшихъ нескончаемыя милости на простыхъ смертныхъ.

Опустившись на траву, Ваня съ наслажденіемъ вытянулъ ноги, и уставившись глазами въ плескавшіяся о каменистый берегъ волны, задумался.

Вдали виднѣлся цѣлый рядъ подводныхъ, камней, мѣстами довольно высоко выдающихся надъ уровнемъ моря. Кругомъ все было тихо-покойно; но вотъ, вдругъ на этихъ камняхъ появились какъ бы какія-то человѣческія фигуры; за дальностью разстоянія и вслѣдствіе наступившихъ уже изморосей, Ваня не могъ хорошо разсмотрѣть ихъ, но благодаря отливу воды ему удалось- перескакивая съ камня на камень, пробраться къ нимъ ближе и тогда онъ уже совершенно ясно увидѣлъ въ нѣсколькихъ шагахъ отъ себя двухъ замѣчательно красивыхъ женщинъ, съ - распущенными бѣлокурыми волосами, на головахъ у нихъ были надѣты вѣнки изъ водорослей и водяныхъ лилій... Они сидѣли рядомъ, взявшись за руки и что-то тихо напѣвали. Ваня сталъ прислушиваться, ему хотѣлось разобрать слова, но это оказалось невозможнымъ.

Не подлежитъ сомнѣнію, что это тѣ самыя русалки, которыхъ я такъ давно жаждалъ увидѣть,— мысленно проговорилъ самъ себѣ нашъ мальчуганъ, и тутъ ему вдругъ сдѣлалось такъ страшно, что онъ невольно остановился въ нерѣшимости, не зная, что дѣлать, т.-е. идти ли дальше или вернуться назадъ.

— Не бойся,— крикнули обѣ молодыя женщины въ одинъ голосъ:— мы не сдѣлаемъ тебѣ вреда, а, напротивъ, доставимъ много удовольствія, и исполнимъ всѣ твои желанія, если только ты согласишься послѣдовать за нами въ наше подводное царство, гдѣ мы окружимъ тебя такою роскошью, о которой тебѣ никогда и во снѣ не снилось.

Предложеніе русалокъ, такъ какъ это были дѣйствительно онѣ, показалось Ванѣ очень соблазнительнымъ, онъ уже сдѣлалъ шагъ впередъ, чтобы довѣрчиво броситься къ ихъ ногамъ, но ему вдругъ стало жаль Машу, которая могла случайно увидѣть съ берега, какъ онъ скроется подъ водою и, конечно, считать утонувшимъ.

— Иди, иди, не бойся! Мы надѣлимъ тебя золотомъ, серебромъ, деньгами. всѣмъ, чѣмъ только пожелаешь,— продолжили русалки, протягивая къ нему руки и нѣжно улыбаясь.

— Хорошо,— отвѣтилъ наконецъ Ваня послѣ минутнаго размышленія:— я согласенъ слѣдовать за вами, только не обманите; сдѣлайте меня счастливымъ...

Русалки въ отвѣтъ засмѣялись. Прежде чѣмъ Ваня успѣлъ опомниться, онѣ схватили его за руки и моментально увлекли подъ воду, при чемъ у него поднялся такой страшный шумъ въ ушахъ, что онъ потерялъ сознаніе.

Какъ долго продолжался его обморокъ, Ваня опредѣлить не могъ, но когда вслѣдъ за тѣмъ очнулся и открылъ глаза, то къ великому своему удивленію увидалъ себя лежащимъ на кровати и окруженнымъ какимъ-то особеннымъ, необыкновеннымъ свѣтомъ. Голова его покоилась на шелковыхъ подушкахъ, надъ кроватью возвышался балдахинъ, но это не мѣшало ему разсмотрѣть, что стѣны комнаты и потолокъ были изъ чистаго горнаго хрусталя. Обѣ знакомыя русалки, которыя теперь показались ему еще красивѣе, чѣмъ прежде, стояли около изголовья и съ чарующими улыбками на губахъ ждали его пробужденія.

Когда онъ приподнялся на кровати, онѣ выразили ему свое привѣтствіе, затѣмъ принесли роскошное платье, и, увѣнчавъ его голову цвѣтами, повели представляться королевѣ, которая возсѣдала на тронѣ, сдѣланномъ изъ раковинъ и украшенномъ кругомъ жемчужинами.

Стѣны тронной залы были всѣ сплошь покрыты кораллами, рубинами, изумрудами и даже бриллiантами; вообще, все кругомъ было такъ волшебно, роскошно, красиво, что трудно передать.

Королева очень милостиво заговорила съ Ваней и предложила ему осмотрѣть ея подводное царство, назначивъ вмѣсто проводника тѣхъ же самыхъ русалокъ, которымъ предварительно. приказала для подкрѣпленія его силъ принести ему обѣдъ и кофе.

Никогда въ жизни не ѣлъ и не пилъ Ваня ничего подобнаго, точно также, какъ никогда въ жизни не видывалъ такой роскоши, блеска и богатства, какіе приходилось ему видѣть во время осмотра подводнаго царства чуть не на каждомъ шагу.

Красавицы-проводницы были съ нимъ очень ласковы, много смѣялись, шутили и въ заключеніе предложили играть въ пятнашки. Ваня бросился догонять ихъ, онѣ отъ него отвертывались, онъ непремѣнно хотѣлъ ихъ поймать, но къ удивленію своему замѣтилъ, что это далеко не такъ легко сдѣлать, какъ ему казалось, потому что у русалокъ вдругъ вмѣсто ногъ явились рыбьи хвосты, съ помощью которыхъ онѣ такъ ловко ныряли и плескались въ водѣ, что были положительно неизловимы.

Натѣшившись наконецъ вдоволь надъ желаніемъ мальчика — во что бы то ни стало поймать ихъ,— онѣ отбросили въ сторону свои рыбьи хвосты, снова приняли прежній образъ русалокъ и, взявъ его за обѣ руки, предложили сѣсть отдохнуть на спину дельфина, который въ эту минуту плылъ поблизости.

Баня принялъ сдѣланное предложеніе и едва успѣлъ прыгнуть на спину этого импровизированнаго коня, какъ съ быстротою молніи понесся впередъ по волнамъ; обѣ спутницы его находились тутъ же.

— Можетъ быть, ты хочешь вернуться на землю, вернуться къ прежней трудовой жизни, полной всякихъ лишеній, или не прочь остаться съ нами навсегда?— спросили его русалки:— говори, мы въ томъ и въ другомъ случаѣ охотно выполнимъ твое желаніе.

— Мнѣ здѣсь такъ хорошо и весело, что я позабылъ и думать о прежней земной жизни — отозвался мальчикъ:— но, конечно, въ виду того, что вы надѣлите меня богатствомъ, я все-таки долженъ вернуться туда, чтобы имѣть возможность обезпечить судьбу сестры и бабушки.

— Какъ это такъ, что ты тамъ бормочешь?... Мы тебя не понимаемъ?-^возразили русалки, громко расхохотавшись.

Ваня взглянулъ на нихъ съ удивленіемъ; ихъ смѣхъ въ данную минуту уже совсѣмъ неумѣстный, начиналъ раздражать его.

— Не понимаемъ... не понимаемъ,— продолжали между тѣмъ русалки.

Ваня повторилъ свои слова.

— Ба, ба, ба,— отозвалась тогда старшая изъ русалокъ:— вотъ ты чего захотѣлъ!— Нѣтъ, любезный другъ, ты иначе перетолковалъ наше условіе; мы дѣйствительно предлагали тебѣ и золото, и серебро, и деньги... но ты можешь пользоваться этимъ только здѣсь, у насъ подъ водою, а не брать на землю.

Такой отвѣтъ въ первую минуту очень опечалилъ Ваню, и заставилъ задуматься, но затѣмъ увлеченный постояннымъ весельемъ русалокъ и забавами, онъ скоро успокоился.

Русалки окружили его лаской и заботливостью. Столъ онъ имѣлъ превосходный, помѣщеніе тоже, и въ общемъ ему у нихъ жилось такъ хорошо, что онъ въ продолженіе долгаго времени ни разу даже не вспомнилъ о своей сестрѣ и престарѣлой бабушкѣ. Время летѣло незамѣтно. Въ подводномъ царствѣ не считали ни дней, ни недѣль, ни мѣсяцевъ. Ваня тоже не считалъ ихъ сначала; для него съ утра начинался цѣлый рядъ наслажденій, но затѣмъ всѣ эти наслажденія до того прискучили и надоѣли ему, что въ одинъ прекрасный день онъ заявилъ желаніе отправиться домой на "побывку".

— Что значитъ "побывка"?— спросили русалки:— мы такого слова не знаемъ.

— Это значитъ не совсѣмъ, а только на время,— пояснилъ Ваня.

Русалки отвѣтили, что своей властію рѣшить вопросъ не могутъ, и что надо доложить королевѣ,

— Доложите,— попросилъ Ваня.

Желаніе его было исполнено немедленно, и отвѣтъ получился слѣдующій: "На время, королева отъ сюда никого, никогда, не выпускаетъ, а ежели ему хочется взглянуть на свѣтъ Божій, то въ видѣ особой милости, ему разрѣшатъ въ сопровожденіи своихъ" всегдашнихъ спутницъ подняться на поверхность воды".— Ваня и за это былъ благодаренъ.

— Когда хочешь подняться?— спросили его русалки.

— Чѣмъ скорѣе, тѣмъ лучше.

— Можно хоть сейчасъ.

И Ваня не успѣлъ глазомъ моргнуть, какъ русалки подхватили его подъ обѣ руки и стали подниматься кверху.

О, съ какимъ наслажденіемъ вдохнулъ онъ въ себя струю свѣжаго воздуха, затѣмъ принялся съ любопытствомъ оглядываться на всѣ стороны, и пожалѣлъ только объ одномъ, что поднялся не днемъ, а ночью, да еще вдобавокъ въ такую сильную бурю, какой давно не запомнилъ. Все небо было покрыто густыми, черными тучами; вдали раздавались страшные громовые раскаты, и отъ времени до времени сверкала молнія; но все это было ничего въ сравненіи съ тѣмъ ужаснымъ ураганомъ, который свирѣпствовалъ надъ моремъ, поднимая волны высоко, высоко и затѣмъ точно съ досадою откидывая ихъ въ сторону.

Ваня струсилъ не на шутку; онъ хотѣлъ уже просить своихъ спутницъ скорѣе снова вернуться въ подводное царство, но онѣ, т.-е. спутницы, съ такимъ увлеченіемъ плясали передъ нимъ какой-то особенный танецъ, и казались такими счастливыми, радостными, что онъ, глядя на нихъ, не могъ надивиться.

— Чему вы радуетесь?— спросилъ онъ -наконецъ, совершенно обезумѣвшихъ русалокъ.

— Сколько золота, сколько драгоцѣнныхъ камней, сколько богатства мы пріобрѣтемъ сегодня,— вскричали онѣ въ отвѣтъ, хлопая въ ладоши.

— Откуда, какимъ образомъ, когда? Вы, кажется, помѣшались!

— Ты видишь вдали плыветъ корабль?— видишь, какъ гордо несется онъ по морскимъ волнамъ?— отвѣчали русалки, указывая рукою по извѣстному направленію, откуда дѣйствительно виднѣлось большое купеческое судно; на этомъ кораблѣ много золота, много драгоцѣнныхъ вещей,— продолжали онѣ, все болѣе и болѣе воодушевляясь:— капитанъ корабля надѣется благополучно перенести штормъ и достигнуть цѣли путешествія, но надежда его не осуществится — корабль погибнетъ въ морской пучинѣ, и весь грузъ сдѣлается нашей собственностью!

Едва успѣли русалки окончить эту послѣднюю фразу, какъ

корабль дѣйствительно со страшнымъ трескомъ ударился объ утесъ скалы и въ одно мгновеніе оказался разбитымъ.

— Несчастные люди!— вскричалъ Ваня громкимъ отчаяннымъ голосомъ.— Неужели вы не можете оказать имъ хотя какую-нибудь помощь?.. О. ради Бога, прошу васъ, помогите, помогите этимъ несчастнымъ, вѣдь они вамъ не причинили никакого вреда.

— Еслибы мы даже были въ состояніи спасти ихъ, то и тогда бы этого не сдѣлали,— отвѣчали русалки.— Откуда намъ и нажиться, какъ не Съ кораблей, потерпѣвшихъ крушенія, вѣдь это источникъ нашего богатства, такъ какъ на днѣ морскомъ драгоцѣнностей находится относительно очень мало!

— Ну, хорошо, драгоцѣнности берите себѣ, но пассажировъ-то по крайней мѣрѣ спасите — умолялъ Ваня.— Развѣ вы не слышите, какъ они молятъ о помощи.

— На это не слѣдуетъ обращать вниманія,— спокойно возражали русалки: — пассажиры должны считать за счастье принести свою жизнь въ жертву морской царицѣ; не они первые, не они и послѣдніе... Ты обратилъ вниманіе на тѣ раковины, изъ которыхъ сдѣланъ тронъ морской царицы; это тоже когда-то. были живые люди, точно такъ же какъ и эти, которыхъ ты теперь оплакиваешь... Послѣ крушенія они всѣ пойдутъ ко дну, и тамъ по прошествіи извѣстнаго срока превратятся въ раковины...

Ваня, почти не слушалъ того, что ему говорили русалки, онъ не могъ оторвать глазъ отъ несчастныхъ погибающихъ, и доброе всегда отзывчивое къ чужому страданію сердце его обливалось кровью, а противныя русалки не прекращавшія ни на минуту своей пляски, смѣялись надъ нимъ и ликовали, благодаря тому, что такъ богато нагруженный корабль попалъ въ ихъ подводное царство.

— Чего насупился? Радоваться надо, а не печалиться!— обратились. онѣ къ своему спутнику, и когда замолкли послѣдніе стоны умирающихъ пассажировъ, то поспѣшно скрылись подъ водою, увлекая съ собою, конечно, и Ваню.

— Ваше Величество, мальчика нельзя брать съ собою на поверхность моря, онъ только смущаетъ насъ слезами, да разными глупыми возгласами;— считали долгомъ доложить королевѣ русалки.

— Напротивъ, онъ долженъ пріучиться,— возразила королева:— Я приказываю вамъ обязательно брать его съ собою на поверхность моря каждый вечеръ, при чемъ, конечно, никогда не обращать вниманія ни на какія слезы, ни на какіе возгласы, хотя бы они были самые разумные!

Русалки почтительно поклонились и объявили Ванѣ, что теперь по волѣ королевы онъ долженъ сопровождать ихъ ежедневно на всѣ экскурсіи. Ваня противъ этого ничего не имѣлъ. Какъ только наступилъ вечеръ, русалки позвали его и потащили на поверхность воды; на этотъ разъ море оставалось совершенно покойно, луна свѣтила весело и на небѣ не было видно ни одной тучки; русалки принялись за свои обычныя игры, пѣли, танцовали, плескались въ водѣ; но Ваня уже не обращалъ на нихъ никакого вниманія, онъ печально сидѣлъ на скамейкѣ и молча смотрѣлъ вдаль, хотя кромѣ безконечнаго пространства воды, да только кое-гдѣ виднѣвшихся небольшихъ отмелей ничего не видѣлъ. Его такъ и тянуло домой, въ маленькій полуразвалившійся домикъ къ старой бабушкѣ, къ любимой сестренкѣ; но какимъ образомъ найти способъ привести эту мысль въ исполненіе?

— Господи! да неужели же я ихъ никогда больше не увижу и даже не найду возможности хоть письменно дать о себѣ вѣсточку, чтобы онѣ знали, что я живъ, а то бѣдняжки не перестаютъ навѣрное меня оплакивать...— разсуждалъ онъ самъ съ собою. Дать вѣсточку письменно это легко сказать, а не сдѣлать при моемъ настоящемъ положеніи,— продолжалъ мальчикъ:— съ кѣмъ ее донесть то, когда я окруженъ только однѣми русалками, да разными морскими рыбами!

Но вотъ вдругъ, словно въ отвѣтъ на его жалобу, гдѣ-то по близости раздался выстрѣлъ. Онъ оглянулся и увидѣлъ неподалеку отъ себя морскую собаку, у которой, очевидно, что-то болѣло. Она лежала вытянувшись на небольшомъ песчаномъ островкѣ, образовавшемся вслѣдствіе отмели, и когда Ваня подошелъ къ ней, то посмотрѣла на него такими умными выразительными глазами, что онъ сразу догадался, что она проситъ о помощи.

Тщательно осмотрѣвъ несчастное животное со всѣхъ сторонъ, Ваня дѣйствительно вскорѣ замѣтилъ, что оно ранено ружейною пулею, и сейчасъ же постарался на сколько возможно облегчить его страданія.

Первымъ дѣломъ пришлось вынуть пулю, что сверхъ всякаго ожиданія, Ванѣ удалось какъ нельзя лучше; затѣмъ онъ занялся промывкою раны, а когда это было покончено, то приступилъ къ перевязкѣ, употребивъ вмѣсто бинта свой носовой платокъ. Раненое животное безпрекословно позволяло

106

ему все это надъ собою продѣлывать, смотрѣло на него съ выраженіемъ благодарности и довѣрчиво прижималось къ колѣнамъ. Ваня не отходилъ отъ него до тѣхъ поръ, пока наконецъ стало свѣтать и русалки напомнили, что пора возвращаться въ подводное царство.

Съ этихъ поръ Ваня сталъ охотнѣе сопровождать русалокъ на ихъ ночныя экскурсіи, онъ надѣялся снова увидать своего четвероногаго паціэнта, состояніемъ здоровья котораго очень интересовался; но прошло болѣе недѣли — а надежда его не осуществилась.

Наконецъ въ одну особенно свѣтлую лунную ночь, когда русалки привели его къ той же самой отмели, гдѣ онъ оставилъ раненаго друга, мальчуганъ увидѣлъ послѣдняго уже совершенно здоровымъ и съ радостью принялся его ласкать и гладить. Животное, повидимому, тоже узнало своего благодѣтеля; оно всѣми силами старалось выказать ему признательность и не спускало съ. него глазъ, выраженіе которыхъ показалось мальчику еще осмысленнѣе; онъ даже заговорилъ съ нимъ какъ съ существомъ себѣ подобнымъ и, нагнувшись къ его уху, сталъ просить доставить вѣсточку бабушкѣ и Машѣ.

Животное, какъ бы понявъ его рѣчь, въ отвѣтъ кивнуло головою... Тогда Ваня, не долго думая, за неимѣніемъ подъ рукой бумаги подобралъ одну изъ валявшихся на пескѣ большихъ раковинъ.

"На ней можно свободно написать, что угодно",— подумалъ мальчикъ и хотѣлъ сейчасъ же приступить къ дѣлу, но тутъ явилось новое препятствіе — отъ куда взять чернилъ?..

— Чернилъ... чернилъ...— повторялъ онъ приложивъ палецъ ко лбу,— ужъ право не знаю откуда ихъ взять... Ахъ, вотъ отлично., нашелъ средство... Придумалъ... Чернила сейчасъ явятся...

Съ этими словами онъ поспѣшно вынулъ изъ кармана перочинный ножикъ, еще того поспѣшнѣе сдѣлалъ себѣ имъ на рукѣ надрѣзъ до крови, обмакнулъ туда тонко обструганную палочку, какъ перо мокаютъ въ чернильницу, и принялся выводить по раковинѣ мелкія красивыя буквы, при чемъ старался сдѣлать все это такъ, чтобы не видѣли русалки.

Менѣе чѣмъ черезъ пять минутъ письмо оказалось готовымъ, онъ положилъ его въ сторону и снова сталъ рыться въ карманахъ, отыскивая тамъ какую-нибудь тесемку или веревочку, чтобы нацѣпить на нее раковину; по счастію поиски увѣнчались успѣхомъ: въ одномъ изъ кармановъ лежала толстая веревка. Ваня обмоталъ ею раковину, которую потомъ привязалъ къ шеѣ морской собаки, и снова сталъ нашептывать просьбу доставить оригинальное посланіе по указанному адресу. Собака слушала внимательно, а когда онъ кончилъ говорить, дружески кивнула головою.

— Пора возвращаться въ подводное царство,— раздался въ эту минуту голосъ одной изъ русалокъ. Ваня отошелъ прочь отъ своего четвероногаго друга, который тоже постарался ловкимъ прыжкомъ нырнуть въ море, прежде чѣмъ его могли замѣтить.

— Я готовъ, отправимтесь — проговорилъ мальчикъ въ отвѣтъ своей спутницѣ и вмѣстѣ съ нею въ ту же минуту опустился на дно морское.

Богатства подводнаго царства уже не прельщали его, а жизнь съ каждымъ днемъ тяготила все больше и больше; что касается русалокъ и самой царицы, то, видя на сколько мальчикъ пассивно относится ко всему окружающему, онѣ тоже къ нему измѣнились и уже не смотрѣли на него какъ на дорогого гостя, котораго слѣдовало занимать да развлекать съ утра до ночи, а обращались скорѣе какъ съ рабомъ или невольникомъ.

Такимъ образомъ прошло нѣсколько лѣтъ. Маша не переставала тосковать и плакать о безъ вѣсти пропавшемъ братѣ; не менѣе того тосковала и плакала старушка-бабушка. Сначала онѣ все еще поджидали его, надѣясь, что онъ вернется, но потомъ надежда мало-по-малу стала угасать, онѣ уже считали Ваню мертвымъ, и единственное утѣшеніе находили лишь въ молитвѣ, да въ томъ, что въ свободное отъ работы время разговаривали о немъ, вспоминая мельчайшія подробности тѣхъ счастливыхъ лѣтъ, когда онъ былъ тутъ... когда жилъ съ ними...

Бабушка съ каждымъ годомъ слабѣла все больше и больше, работать ей уже становилось не подъ силу, бѣдной Машѣ приходилось порою очень трудно, она должна была одна, какъ говорится, на своихъ плечахъ нести все бремя, всѣ заботы, не имѣя при этомъ почти никакихъ средствъ къ существованію.

Главный заработокъ заключался въ ловлѣ рыбы и въ продажѣ ея по окрестнымъ мѣстностямъ; но это было при Ванѣ, теперь же заниматься этимъ онѣ, конечно, не могли, лодку пришлось продать и на вырученныя деньги кормиться затѣмъ, когда деньги вышли, Маша, по совѣту бабушки, стала мало-по-малу распродавать остальныя вещи, а подъ конецъ заложила и домикъ, словомъ, дѣла ихъ пошли очень печально; бабушка по старости лѣтъ уже плохо соображала, а потому какъ будто даже мало огорчалась такимъ безысходнымъ положеніемъ; но Машу оно серьезно заботило.

Однажды, когда на душѣ дѣвочки было какъ-то особенно тяжело и тоскливо, бабушка пожелала пойти прогуляться по берегу моря; Маша, конечно, пошла вмѣстѣ съ нею. Придя на берегъ, онѣ замѣтили, что вода стояла очень низко, т.-е. былъ полный отливъ. Старушкѣ пришла фантазія пройтись по влажному песку; Маша послѣдовала за нею, и такъ какъ мѣстами приходилось ступать на сырую почву, то обѣ онѣ сняли обувь.

— Бабушка, посмотри, вѣдь это морская собака!— вскричала Маша.

Старушка обернулась.

— Въ самомъ дѣлѣ; но вѣдь подобное явленіе не рѣдкость; онѣ часто сюда заходятъ; не будемъ пугать ее, пойдемъ лучше налѣво,— и старушка уже намѣревалась свернуть въ противоположную сторону, какъ вдругъ замѣтила, что морская собака, вмѣсто того, чтобы испугаться, стала подходить все ближе и ближе; это ихъ очень удивило; онѣ остановились. Собака между тѣмъ поравнялась съ ними окончательно и, повернувъ свою неуклюжую фигуру такимъ образомъ, чтобы была видна привязанная Ваней къ ея шеѣ раковинка, взглянула на обѣихъ женщинъ такъ выразительно, что онѣ пришли въ недоумѣніе. "

— Бабушка, посмотри, у нея что-то повязано на шеѣ; вѣдь сама она не могла бы этого сдѣлать.

— Конечно,— отозвалась бабушка: — навѣрное это сдѣлалъ какой-нибудь несчастный человѣкъ, потерпѣвшій крушеніе и желавшій дать знать о себѣ своимъ близкимъ; во всякомъ случаѣ надо посмотрѣть, если только животное намъ позволитъ.

И бабушка начала развязывать толстую веревку, обмотанную вокругъ шеи импровизированнаго почтальона. Сначала ей было немного страшно, но убѣдившись, что морская собака вреда не сдѣлаетъ, она продолжала совершенно спокойно, и какова была ихъ радость, каковъ восторгъ, когда, открывъ раковину, онѣ прочли то, что оказалось написаннымъ на внутренней сторонѣ. Онѣ даже заплакали отъ радости, затѣмъ набожно перекрестились и стали гладить и ласкать неуклюжее животное.

— Ты, можетъ быть, не откажешься и отъ насъ передать вѣсточку Ванѣ,— заговорила наконецъ Маша, когда первый порывъ радости нѣсколько улегся.

Морская собака поспѣшила кивнуть головою.

— Приходи сюда завтра въ эту же самую пору, я принесу отвѣтъ,— продолжала Маша и такъ какъ замѣтила, что начинается приливъ воды, то поспѣшила послѣдовать совѣту бабушки, скорѣе уйти съ отмели и пробраться на берегъ.

Обѣ женщины пришли домой совершенно довольныя, счастливыя, и Маша сію же минуту принялась сочинять письмо брату, переписавъ его на точно такую же раковину; только веревку взяла другую для того, чтобы, когда морская собака вернется къ Ванѣ, онъ не подумалъ, что она вернула ему его собственное посланіе. Всю ночь почти бабушка и. внучка не смыкали глазъ, проговоривъ до разсвѣта; но это ихъ не утомило; утромъ онѣ встали совершенно бодрыя и съ нетерпѣніемъ ожидали назначеннаго часа.

Когда онѣ пришли къ отмели, морская собака уже ожидала ихъ; въ виду того, что вода въ этотъ день стояла высоко, медлить было нечего, Маша поспѣшно привязала раковину на шею добраго животнаго, еще разъ погладила его и сдѣлала знакъ рукою, что оно можетъ удалиться.

Долго слѣдили за нимъ глазами обѣ женщины, вернувшись на берегъ; наконецъ оно скрылось изъ виду...

Придя домой Маша не переставала думать о братѣ, хотя она, конечно, радовалась въ душѣ, что онъ живъ, здоровъ и невредимъ,— но, тѣмъ не менѣе, ей все-таки попрежнему было грустно знать, что она не можетъ его видѣть.

Задумывалась она также не разъ надъ тѣмъ, что братъ былъ правъ, вѣря въ существованіе русалокъ и захотѣлось ей, крѣпко захотѣлось съ ними познакомиться, для чего она выбравъ однажды ясную лунную ночь, никому не говоря ни слова, тихонько вышла изъ дому и пробралась на берегъ моря.

Болѣе часу просидѣла дѣвочка тамъ неподвижно, тщетно смотря на всѣ стороны,— а присутствіе русалокъ, повидимому, не было и помину; но вотъ наконецъ на той самой отмели, гдѣ она недавно видѣлась съ морской собакой показалось нѣсколько человѣческихъ фигуръ съ длинными, распущенными волосами; всѣ онѣ держались за руки, дѣлали различные прыжки въ водѣ, и выйдя на ея поверхность, принимались танцовать какой-то особенный, до сихъ поръ никогда еще не виданный Машей танецъ.

— Русалки, русалки!— радостно воскликнула она и, смѣло подойдя ближе, спросила, не знаютъ ли онѣ ея брата Ваню, и не извѣстно ли имъ, гдѣ онъ въ настоящее время находится?

— Твой братъ у насъ,— отвѣтила одна изъ русалокъ.

— О, Бога ради, отпустите его, разрѣшите ему вернуться домой! Мы съ бабушкой о немъ очень скучаемъ,— умоляла Маша.

— Отпустить его такъ скоро невозможно,— возразили русалки:— для этого надо много разныхъ условій.

— Какія, какія, говорите скорѣе, я за ранѣе на все соглашаюсь, лишь бы только онъ вернулся!... Ему вѣдь тоже у васъ тяжело и тоскливо...

Русалки засмѣялись.

— Глупый мальчикъ не умѣетъ цѣнить своего счастья,— сказали онѣ:— еслибы ты знала, въ какой роскоши онъ живетъ у насъ, то не просила бы о его возвращеніи; но коли тебѣ ужъ очень хочется, мы его отпустимъ обратно на землю Съ тѣмъ условіемъ, что ты вмѣсто него сама останешься у насъ.

Предложеніе русалокъ испугало Машу; онѣ же, между тѣмъ, принялись уговаривать ее послѣдовать за ними въ подводное царство, и въ такихъ радужныхъ краскахъ описали свою жизнь тамъ, что всякая другая на ея мѣстѣ навѣрное бы согласилась; но Машу это не соблазняло. Трудовая, тяжелая, полная заботъ и хлопотъ жизнь, которую она вела до сихъ поръ, была ей болѣе по вкусу, чѣмъ блескъ и роскошь, обѣщанные русалками, и еслибы не искреннее желаніе спасти Ваню, то конечно она на всѣ ихъ разсказы не обратила бы никакого вниманія, теперь же въ концѣ концовъ бѣдняжка стала колебаться.

— А какое-нибудь другое условіе, вы предложить не можете?— спросила она послѣ минутнаго размышленія.

— Нѣтъ,— твердо отвѣтили русалки.

— Чтожъ, приходится спуститься съ вами въ подводное царство; но вы должны мнѣ обѣщать навѣрное, что мой братъ не будетъ подвергаться никакимъ опасностямъ!

— Конечно, въ этомъ ты можешь-быть увѣрена. Мы охотно отпустимъ твоего брата, такъ какъ собственно говоря, ты намъ даже гораздо больше нравишься. Иди же, или съ нами покойно, раскаиваться не будешь; но только мы забыли сказать тебѣ еще одно маленькое условіе.

— Какое?

— Ты должна отдать намъ свою душу, и тогда не будешь испытывать никакихъ страданій...

— Я должна отдать вамъ мою душу!— воскликнула Маша: — нѣтъ, это невозможно! Ради спасенія брата, я согласна на все, на все, кромѣ этого!..

— Напрасно упрямишься,— отозвались русалки.— Ты посмотри на насъ, мы оттого всегда бываемъ веселыя, довольныя и счастливыя, что считаемся существами бездушными. Намъ невѣдомы людскія страданія. Мы не знаемъ, что значитъ горе... Намъ живется вполнѣ беззаботно въ нашемъ прекрасномъ подводномъ царствѣ. Брось твои нелѣпыя размышленія — слѣдуй за нами.

Съ этими словами одна изъ русалокъ взяла ее за руку; Маша въ ужасѣ отъ нея отшатнулась.

— Я не могу на это согласиться,— сказала она почти со слезами.— Я готова пожертвовать жизнью для спасенія Вани, но продать свою душу не въ состояніи... не требуйте отъ меня этого! Ради Бога, ради всего, что для васъ дорого и мило, назовите другое какое угодно условіе, я на все соглашусь!— умоляла бѣдная дѣвочка, опустившись на колѣни.

Отчаяніе ея русалкамъ было непонятно, но тѣмъ не менѣе оно ихъ все-таки тронуло; онѣ отошли въ сторону и начали перешептываться.

— Дѣвочка никогда не будетъ вполнѣ нашей, если не отдастъ намъ свою душу,— говорили онѣ.— Выйдетъ то же, что вышло съ ея братомъ: затоскуетъ, закручинится, и намъ только одно непріятное причинить, надо въ самомъ дѣлѣ предложить ей какое-нибудь иное условіе.

Тутъ русалки заговорили уже такъ тихо, что ихъ положительно нельзя было разслышать.

— Пусть будетъ по-твоему,— сказала наконецъ одна изъ нихъ громко, обратившись къ Машѣ: — не хочешь брать отъ жизни радости, да наслажденья — живи попрежнему... Мы можемъ, пожалуй, устроить такъ, что братъ твой вернется; но для этого ты должна выполнить другое условіе, не менѣе тяжелое.

— Согласна! согласна!— поспѣшила перебить свою собесѣдницу Маша, прося объяснить какъ можно скорѣе, въ чемъ оно заключается.

— Оно заключается въ томъ, что ты должна въ теченіи цѣлаго года оставаться нѣмой, глухой и слѣпой — тогда мы возвратимъ тебѣ брата.

— Согласна!— съ радостью воскликнула дѣвочка.

— Роптать не будешь?

— Напротивъ; всегда останусь благодарна вамъ за то, что вы отпустите Ваню.

— Ступай теперь домой, а завтра рано утромъ приходи опять сюда, увидишь брата!— крикнули въ..одинъ голосъ русалки и, взявшись за руки, моментально исчезли подъ водою.

Маша несколько минутъ задумчиво простояла еще на берегу, а затемъ вернулась домой, опять также ни кемъ не замеченная. Отъ страха, за свою будущность, и отъ радости предстоящаго свиданія съ братомъ, она целую ночь не могла сомкнуть глазъ и какъ только начало светать сейчасъ же поспешила на морской берегъ, окутанный еще такимъ густымъ утреннимъ туманомъ, что на разстояніи двухъ шаговъ нельзя было ничего видеть; но вотъ наконецъ кое-какъ съ большимъ трудомъ она разглядела вдали человеческую фигуру и чемъ пристальнее въ нее всматривалась, темъ яснее и яснее распознавала въ ней своего милаго, дорогого Ваню.

— Ваня!— крикнула она, подойдя на столько близко, что онъ могъ ее разслышать.

— Маша!— послышался въ ответъ знакомый голосъ, затемъ несколько минутъ спустя братъ и сестра очутились въ объятіяхъ другъ друга. Сначала отъ избытка чувствъ они не въ силахъ были даже говорить, но затемъ, мало-по-малу успокоившись, принялись разсказывать все, что переживали за время разлуки.

— Теперь только я понялъ, что не работа, а постоянная, вечная праздность можетъ убить человека,— сказалъ Ваня въ заключеніе длиннаго разсказа о томъ, какъ онъ жилъ у русалокъ и целые дни проводилъ въ однехъ играхъ да пляскахъ.

— Не знаю чемъ объяснить, что сегодня оне вдругъ предложили мне вернуться обратно на землю; но, конечно, я принялъ предложеніе съ радостью; мне такъ давно хочется взглянуть на нашъ бедный маленькій домикъ, и ты увидишь, Машута, какъ прилежно я теперь буду работать не только за себя, но и за тебя... за бабушку,— говорилъ мальчуганъ, захлебываясь отъ волненія.

— Ты найдешь дома большую перемену,— отвечала Маша.— Мы стали еще беднее, такъ какъ бабушка совсемъ состарилась, и я должна работать за двоихъ.

— Теперь ты отдохнешь, моя голубка, я буду работать за всехъ васъ,— утешалъ ее братъ.— Увидишь! увидишь, какъ мы заживемъ хорошо и весело.

Маша печально склонила головку и глубоко вздохнула. Она вспомнила про то тяжелое испытаніе, которое ожидаетъ ее завтра, и про то, что ей въ продолженіе цѣлаго года придется быть настоящей страдалицей, о чемъ сообщить брату сейчасъ же она не рѣшилась.

Бабушка встрѣтила Ваню съ распростертыми объятіями, и выглядѣла такою счастливою, какою ни Ваня, ни Маша ее давно не запомнили; Она даже будто помолодѣла.

День прошелъ въ безконечныхъ разговорахъ: опросамъ, разспросамъ и разсказамъ не было конца; еслибы кто могъ невидимкою заглянуть въ скромный домикъ бѣдной старушки, то сказалъ бы, что въ данную минуту навѣрное въ цѣломъ мірѣ не найдется человѣка счастливѣе его обитателей. Маша тоже заразилась общимъ хорошимъ настроеніемъ и, повидимому, совершенно забыла о томъ ужасномъ несчастій, которое ожидало ее завтра; забыла до тѣхъ поръ, пока наконецъ, проснувшись на слѣдующее утро, должна была сознать свою слѣпоту, глухоту и отсутствіе всякой возможности произнести хотя бы одно какое-нибудь слово.

Бѣдняжка разразилась горькими рыданіями, бабушка бросилась къ ней съ испуганнымъ лицомъ, но при всемъ своемъ стараніи не могла ни чѣмъ помочь и даже не поняла сути дѣла.

— Ваня, Ваня — позвала она внука, спавшаго въ сосѣдней комнатѣ.

Ваня немедленно явился на зовъ.

— Посмотри, что такое приключилось съ Маніей,— продолжала бабушка заливаясь слезами.

Мальчуганъ поспѣшно подбѣжалъ къ сестрѣ, но сколько ни старался ее успокоить, сколько ни уговаривалъ, подѣлать ничего не могъ; по прошествіи нѣкотораго времени, онъ, однако, первый смекнулъ и догадался что сестру его постигло великое несчастіе и что она сразу лишилась слуха, зрѣнія и при этомъ еще сдѣлалась нѣмою. Что могло вызвать подобное явленіе — для всѣхъ оставалось загадкою.

— Она очень тосковала во все время твоего отсутствія, и теперь, вѣроятно, не въ силахъ перенести того ощущенія, которое произвела радость — сказала бабушка.

Всѣ сосѣди сбѣжавшіеся выразить свое сочувствіе старушкѣ по поводу приключившагося несчастія съ ея внучкой, и вмѣстѣ съ тѣмъ поглазѣть на Ваню — утверждали тоже самое...

Ванѣ было очень неловко все это выслушивать, но онъ ничего не возражалъ, и только старался объ одномъ — такъ или иначе загладить вину передъ Машей.

Взявъ на себя всѣ хлопоты и заботы по дому и хозяйству,

онъ работалъ безъ устали; на заработанные гроши старался доставить и ей и бабушкѣ всевозможныя удобства, иногда даже покупалъ лакомства, хотя самъ порою сидѣлъ голодный или довольствовался черствою коркою хлѣба, да холодной водою.

Такимъ образомъ прошло около года, время тянулось обычной чередою, но Ванѣ казалось что оно тянется замѣчательно долго, хотя въ теченіе дня ему положительно не хватало рабочихъ часовъ и онъ ничего не имѣлъ бы противъ того, чтобы сутки заключали въ себѣ не 24 часа, а 48. Зато со дня его возвращенія дѣла бабушки пошли замѣтно лучше: онъ по прежнему занялся рыбной ловлей, и сбытомъ рыбы по окрестнымъ деревнямъ и селамъ; за послѣдніе мѣсяцы уловъ выдался удачный, благодаря чему Ванѣ удалось.выкупить раньше заложенный домикъ, и тогда, конечно, жить имъ въ немъ стало гораздо легче. Это обстоятельство успокоило бабушку и внука, которые оба, однако, попрежнему скорбѣли душой о несчастій Маши.

— Бабушка, я сегодня вернусь съ рыбной ловли позднѣе,— сказалъ однажды Ваня, отправляясь съ утра на промыселъ, затѣмъ подошелъ къ Машѣ, на прощанье ласково поцѣловалъ ее въ лобикъ, сунулъ въ руку прекрасное, спѣлое яблоко и забравъ рыболовные снаряды поспѣшно вышелъ изъ дому.

Погода стояла ясная, хорошая. Ваня скоро добрался до берега, отвязалъ стоявшую тамъ лодку и схвативъ весла поплылъ по теченію.

Но едва успѣлъ онъ отъѣхать и полъ-дороги, какъ вдругъ по чему-то совершенно машинально повернулъ голову назадъ; взорамъ его представилась страшная, ужасающая картина... Онъ увидѣлъ, что ихъ маленькая избушка охвачена пламенемъ...

— Боже праведный!— воскликнулъ мальчикъ, почувствовавъ, что у него начинаютъ холодѣть руки и ноги — но смущеніе его продолжалось недолго; онъ вскорѣ оправился, повернулъ лодку обратно, и началъ грести что было силы.

Въ виду того, что плыть приходилось противъ теченія, лодка подвигалась медленно, а пламя все росло и росло...

Трудно описать тѣ нравственныя муки, которыя переживалъ несчастный мальчикъ, онъ положительно выбивался изъ силъ, потъ крупными каплями скатывался по его блѣдному лицу, въ глазахъ сказывалась тревога и волненіе, губы бормотали какія-то несвязныя рѣчи... Но вотъ, наконецъ, лодка причалила къ берегу; какъ безумный выскочилъ онъ изъ нея на сушу, и стремглавъ помчался по направленію къ горящему домику.

— Будь покоенъ, бабушка спасена, я перенесъ ее къ себѣ,— крикнулъ издали одинъ изъ сосѣдей.

— А Маша?

— Ахъ, Боже мой! Мы про нее забыли!— въ отчаяніи отозвался сосѣдъ схвативъ себя за голову.

— Этого только не доставало!— упавшимъ голосомъ пролепеталъ Ваня и моментально бросился спасать сестру, несмотря на то, что крыша домика каждую минуту могла обвалиться и придушить его.

— Что ты дѣлаешь, остановись, спасать ее поздно, она все равно, теперь навѣрное уже давно задохлась отъ дыма,— старались удержать его сосѣди, но онъ отъ нихъ вырвался, и несмотря ни на какія увѣщанія сталъ подниматься по лѣстницѣ, перила которой уже горѣли.

— Несчастный, что ты дѣлаешь... Зачѣмъ е.то пустили!— слышалось со всѣхъ сторонъ, но Ваня не обращая вниманія достигъ уже послѣдней ступеньки, открылъ дверь въ комнату гдѣ всегда помѣщалась Маша и еле дыша отъ сильнаго дыма который сразу ворвался въ комнату сквозь открытую дверь, первымъ дѣломъ бросился къ кровати; но кровать, къ крайнему его изумленію оказалась пустою.

— Господи! Да гдѣ же она? гдѣ, гдѣ?— кричалъ онъ съ отчаяніемъ ломая руки и уже намѣревался удалиться, какъ вдругъ замѣтилъ, что въ углу, около печки, кто-то копошится; оказалось, что это была Маша. Должно быть бѣдная дѣвочка инстинктивно почувствовала бѣду и искала спасенія, но вслѣдствіе своей слѣпоты, вмѣсто того, чтобы пойти къ двери, пошла въ противуположную сторону и объятая ужасомъ безъ чувствъ упала на полъ.

Ваня поднялъ ее, бережно взялъ на руки и пошелъ обратно прежнимъ порядкомъ, но едва успѣлъ встать на первую ступеньку, уже горѣвшей снизу лѣстницы, какъ послѣдняя рухнула и онъ вмѣстѣ со своей драгоцѣнной ношей кубаремъ свалился внизъ.

Бѣдняга потерявъ сознаніе впалъ въ такой сильный обморокъ, что окружающимъ стоило не мало труда привести его въ чувство.

Открывъ наконецъ, глаза, онъ увидалъ себя лежащимъ на кровати въ избушкѣ одного изъ сосѣдей; около кровати, въ головахъ, стояла Маша, но она не выглядѣла такою несчастною, какой была за все это послѣднее время, глаза ея не были закрыты... они смотрѣли на свѣтъ Божій точно также, какъ смотрѣли раньше, а хорошенькія коралловыя губки что-то тихо лепетали.

Ваня не вѣрилъ самому себѣ, онъ полагалъ что все это одинъ только сонъ, но тѣмъ не мѣнѣе сталъ внимательно прислушиваться.

— Пора перемѣнить компрессъ,— явственно различилъ онъ голосъ дорогой сестренки, и сейчасъ же подумалъ: "слава тебѣ Господи, значитъ она больше не нѣмая".

— Возьми воду, которая стоитъ на окнѣ.— отозвалась бабушка.

Маша тихою стопою, видимо боясь разбудить его или обезпокоить, направилась къ окну.

"И не глуха",— продолжалъ мысленно разсуждать самъ съ собою мальчикъ, слѣдя глазами за хорошо знакомой ему фигурой маленькой дѣвочки.

— Маша!— проговорилъ онъ тогда вслухъ, стараясь приподняться на постели:— ты здѣсь... жива... здорова!

— Жива и невредима, благодаря тебѣ, мой дорогой Ваня,— отозвалась дѣвочка и бросившись къ нему на шею чуть не задушила въ объятіяхъ.

— Ты говоришь, ты слышишь, ты можешь снова видѣть насъ?— закидалъ ее вопросами Ваня.

— Въ день пожара исполнился ровно годъ" съ той роковой минуты когда русалки...

— Такъ значитъ это дѣло рукъ русалокъ...— перебилъ ее Ваня:— противныя, какъ я ихъ ненавижу, сколько горя причинили онѣ намъ обоимъ.

— Не будемъ злопамятны и не станемъ сердиться теперь, когда мы снова вмѣстѣ, снова счастливы, только вотъ ты скорѣе поправляйся!

Ваня ничего не отвѣтилъ; онъ вполнѣ согласился съ Машей, что на русалокъ сердиться не слѣдуетъ, такъ какъ въ общемъ, если разбирать строго, то главный виновникъ всего случившагося былъ онъ самъ.

Здоровье его скоро поправилось, а обгорѣвшій домикъ благодаря участью добрыхъ сосѣдей, сдѣлавшихъ складчину, чтобы помочь старой бабушкѣ — тоже въ весьма непродолжительномъ времени былъ настолько хорошо починенъ и приведенъ въ порядокъ, что обитатели могли поселиться въ немъ совершенно покойно.

Въ путь-дорогу

Вася, Степа, Любочка и Оля, ожидали пріѣзда дяди Сережи съ большимъ нетерпѣніемъ; вчера мама объявила имъ, что дядя недавно прислалъ письмо, въ которомъ просилъ сообщить дѣткамъ, что онъ пріѣдетъ погостить на нѣсколько дней, и въ теченіе этихъ нѣсколькихъ дней намѣренъ доставить имъ большое удовольствіе, такое большое, какого они навѣрное ужъ никогда и не ожидали; въ чемъ будетъ заключаться удовольствіе, дядя сказать не хотѣлъ, вѣроятно для того, чтобы еще больше заинтересовать дѣтокъ; и они дѣйствительно теперь только объ этомъ и толковали, дѣлая различныя предположенія и загадки.

— Когда же дядя Сережа пріѣдетъ, въ какой день, въ которомъ часу?— допытывались они то отъ отца, то отъ матери, то отъ няни, но на всѣ свои вопросы, отъ перваго, отъ второй и отъ третьей, получали одинъ и тотъ же отвѣтъ: Не знаю, пишетъ, что пріѣдетъ погостить на нѣсколько дней, а когда именно — не извѣщаетъ.

Такимъ образомъ дѣти провели почти цѣлую недѣлю въ самомъ томительномъ, въ самомъ тревожномъ ожиданіи, они боялись, что дядя можетъ не пріѣхать, что его что-нибудь задержитъ, и тогда всѣ ихъ планы, начерченные такими радужными красками, рушатся безвозвратно... О, это было бы большое несчастіе, съ которымъ трудно, очень трудно примириться.

Но вотъ наконецъ блаженная минута наступила — въ одинъ прекрасный день къ подъѣзду того дома, гдѣ жили дѣтки, о которыхъ въ данное время идетъ рѣчь,— подъѣхали извозчичьи дрожки, а въ дрожкахъ сидѣлъ дядя Сережа.

Трудно передать тотъ восторгъ, который сразу охватилъ дѣтокъ; какъ безумныя бросились они на встрѣчу къ дорогому гостю, и съ громкими возгласами наперебой другъ передъ другомъ принялись его привѣтствовать; каждому изъ нихъ хотѣлось какъ можно скорѣе задать дядѣ вопросъ касательно обѣщаннаго удовольствія, но въ то же время они находили, вполнѣ основательно, что дѣлать это не слѣдуетъ до тѣхъ поръ, пока дядя заговоритъ самъ.

По счастію онъ вѣроятно угадывалъ ихъ мысль, такъ какъ только что успѣлъ войти въ комнату и сѣсть, какъ сейчасъ же приступилъ къ дѣлу:

— Ну-ка, любезные друзья,— обратился онъ ласково къ своимъ племянникамъ: — скажите мнѣ, угадалъ ли кто изъ васъ, какое именно удовольствіе я намѣренъ вамъ доставить?

— Думаю, что догадался я одинъ, поспѣшилъ отвѣтить пятилѣтній Степа, который любилъ всегда и вездѣ заявлять свои мысли первый.

— Скажи, послушаемъ!— отозвался дядя Сережа, съ трудомъ сдерживая улыбку.

— Ты привезъ каждому изъ насъ по коробкѣ конфектъ, съ тѣмъ, что каждый можетъ скушать ихъ сразу, не. спрашивая позволенія мамы.

Дядя отрицательно покачалъ головою, а всѣ присутствующіе громко разсмѣялись. Степѣ это не понравилось, онъ надулъ губки и молча отошелъ въ сторону.

— Ну-ка, кавалеръ, выступай впередъ, теперь ты,— продолжалъ дядя, поманивъ указательнымъ пальцемъ Васю.

— Ты возьмешь насъ кататься на лодкѣ и позволишь грести.

— Не угадалъ,— коротко возразилъ дядя.— Теперь очередь за дѣвочками.

— Иди,— шепнула Любочка сестрѣ.

— Нѣтъ, или ты,— также тихо возразила Оля.

— Идите, идите смѣлѣе,— сказалъ дядя:— вы навѣрное боитесь, что ваши отвѣты тоже окажутся неудачными; но вѣдь это неизвѣстно...

Любочка выступила первая.

— Я увѣрена, милый дядя, что ты привезъ намъ билетъ въ театръ...— заговорила дѣвочка нерѣшительно.

— Ошиблась.

— Но тогда уже мое предположеніе будетъ вѣрно,— раздался голосъ Оли.

— Можетъ быть, не знаю — надо его выслушать.

— Въ твоемъ чемоданѣ лежатъ для насъ четыре подарка; намъ съ Любой по большой куклѣ, а мальчикамъ кегли, игра въ скачки, или вообще что-нибудь въ такомъ родѣ.

— Совсѣмъ нѣтъ... совсѣмъ нѣтъ...— возразилъ дядя, замахавъ руками.— Я сейчасъ скажу въ чемъ заключается придуманный мною сюрпризъ, и ежели онъ вамъ придется не по сердцу, то готовъ удовлетворить каждаго изъ васъ тѣмъ, что вы сейчасъ заявили, за исключеніемъ впрочемъ Степы, потому что его желаніе послужили бы всѣмъ вамъ во вредъ...

Дѣтки въ одну минуту окружили дядю и, какъ говорится, всѣ обратились вслухъ.

Нѣсколько минутъ продолжалось торжественное молчаніе, затѣмъ дядя наконецъ заговорилъ слѣдующее:

— Я хочу предложить вамъ маленькое путешествіе по желѣзной дорогѣ; мы поѣдемъ въ мое имѣніе, которое находится подъ Тверью, вѣдь вы кажется дальше дачныхъ мѣстъ, расположенныхъ въ окрестностяхъ Петербурга, никогда еще не ѣздили?

— Дядя... милый... дорогой... хорошій... да неужели ты не шутишь, неужели мы въ самомъ дѣлѣ поѣдемъ такъ далеко?— и дѣти всѣ вчетверомъ набросились на дядю и принялись душить его въ своихъ объятіяхъ.

— Тише... тише... Право же вы совсѣмъ меня задушите — смѣялся онъ, старясь высвободиться.

— А когда же, когда тронемся мы въ путь-дорогу?— спросилъ наконецъ Вася, очнувшійся первый отъ всеобщаго радостнаго волненія.

— Завтра, сейчасъ же послѣ утренняго чая.

— Ура! ура!— въ одинъ голосъ закричали дѣти и бросились въ дѣтскую, чтобы сообщить нянѣ о предстоящемъ отъѣздѣ.

— Ну, что же, съ Богомъ!— отозвалась старушка:— вы никогда не ѣздили такъ далеко но желѣзной дорогѣ, а потому это путешествіе навѣрное вамъ очень понравится; мимо столькихъ городовъ-то будете проѣзжать... Тверь посмотрите, увидите имѣніе дядиньки, говорятъ у него тамъ все такъ хорошо и роскошно устроено, что просто прелесть.

— Я тебѣ няня гостинца привезу,— сказалъ Стёпа:— скажи чего бы ты именно хотѣла?

— И я, и я привезу тоже,— послышалось со всѣхъ сторонъ.

— Ну, говори же милая, чего именно хочешь?— допытывался Степа, обнявъ няню, и увлекая ее въ сторону отъ другихъ, чтобы ему не мѣшали.

— Все равно Степочка, что ты самъ хочешь, это для меня будетъ еще интереснѣе.

— Тогда я вотъ что предлагаю,— вмѣшался Вася: — мы сообща посовѣтуемся и рѣшимъ безъ тебя, а ты уходи отсюда прочь, милая няня.

— Ну, ладно, ладно — съ улыбкой отозвалась добрая старушка и, махнувъ рукою, вышла изъ комнаты.

Тогда началось новое совѣщанье на манеръ того, какъ недавно дѣлали предположенія о томъ, какое именно удовольствіе дядя доставить дѣтямъ.

Конечно дѣло не обошлось безъ спора и разговоръ поэтому

поводу, вѣроятно, затянулся бы очень долго, ежели бъ вошедшая въ комнату горничная не позвала дѣтей завтракать.

За завтракомъ дядя разсказывалъ очень много интереснаго, онъ недавно вернулся изъ кругосвѣтнаго плаванія, и дѣти положительно закидывали его вопросами, въ особенности слушали онѣ съ удовольствіемъ разсказы его про различныхъ звѣрей, которыхъ ему приходилось порою встрѣчать, и почти требовали чтобы онъ разсказывалъ о нихъ съ самыми мельчайшими подробностями.

Дядя на всѣ вопросы отвѣчалъ коротко, такъ какъ распространяться было некогда, онъ имѣлъ еще много дѣлъ, которыя обязательно долженъ былъ кончить до отъѣзда въ Тверь, и потому сейчасъ же послѣ завтрака, собрался куда-то ѣхать вмѣстѣ.съ напой.

— Дядя, милый, еще одно словечко,— умолялъ Степа, догнавъ дядю въ прихожей:— скажи пожалуйста, ты сегодня все таки разскажешь намъ обѣщанную исторійку про маленькаго льва.

— Голубчикъ, честное слово, въ настоящую минуту мнѣ нѣтъ времени говорить; завтра, когда сядемъ въ вагонъ и выѣдемъ, подробно обо всемъ разскажу, если же мы увлекемся этимъ дѣломъ сегодня, то придется отложить поѣздку.

— О, нѣтъ, нѣтъ,— почти съ ужасомъ крикнули дѣти всѣ въ одинъ голосъ, и словно испугавшись допустить мысль чего-либо подобнаго, мгновенно замолчали.

Дядя и папа вышли на улицу, а мама принялась дѣлать приготовленія къ предстоящему отъѣзду. Люба и Оля помогали укладывать, Вася тоже со своей стороны оказывалъ кое-какую помощь, но что касается до Стёпы, то онъ только мѣшалъ всѣмъ своими услугами, каждый разъ являясь не во время; Вася даже по этому поводу шутя сравнилъ его съ клоуномъ, котораго они прошлой зимой видѣли въ циркѣ, и который очень потѣшалъ ихъ тѣмъ, что постоянно выскакивая впередъ, съ какой-нибудь услугою, только мѣшалъ да портилъ дѣло.

Стёпѣ такое сравненіе не понравилось, онъ обидѣлся, заплакалъ, и даже убѣжалъ изъ комнаты.

Васѣ стоило большого труда его успокоить, но въ концѣ концовъ онъ все-таки успѣлъ въ этомъ, Степа вернулся, глаза его еще были заплаканы, но на губахъ уже виднѣлась улыбка, и онъ видимо не зналъ что ему дѣлать, т.-е. какъ вести себя, оставаться ли серьезнымъ, или шутить, заплакать или засмѣяться.

121

Мама между тѣмъ успѣла уложить вещи, и призвавъ кухарку сдѣлала распоряженіе, чтобы дѣтямъ въ дорогу были приготовлены пирожки и жаркое.

— Въ дорогу ѣдете, милые господа?— ласково обратилась къ нимъ кухарка.

— Да, Марьюшка, въ имѣніе дяди — съ напускною важностью отвѣтила Оля.— а проѣздомъ остановимся въ Твери и будемъ ночевать въ гостинницѣ,— не правда ли какъ это забавно?

— Да, Тверь говорятъ хорошій городъ,— отозвалась кухарка не отвѣчая прямо на вопросъ, интересно ли ночевать въ гостинницѣ, потому лично для нея, это обстоятельство не представляло никакого интереса.

— Что это наши долго не ѣдутъ? пора бы обѣдать! замѣтилъ Степа подойдя къ окну, и заглядывая направо, откуда долженъ былъ придти отецъ и дядя.

— Развѣ тебѣ хочется кушать?— спросила его Люба.

— Нѣтъ; не то.

— А что же?

— Мнѣ хочется раньше отобѣдать, чтобы сегодняшній день прошелъ скорѣе; послѣ обѣда уже вечеръ близко, ляжемъ спать, а тамъ утро наступитъ. Смотришь пора и на вокзалъ отправляться...

— Развѣ ты не находишь, что сегодня несмотря на всѣ хлопоты и приготовленія къ отъѣзду, время тянется необыкновенно долго?

— Ты правъ Степа, я сама замѣтила это, но думала что мнѣ только такъ кажется.

Дѣтямъ дѣйствительно казалось, что сегодняшній день выдался какой-то безконечный, Вася даже подумалъ не испортились ли часы въ столовой, и подойдя къ нимъ сталъ тщательно разглядывать, но часы повидимому находились въ полномъ порядкѣ.

Съ наступленіемъ слѣдующаго дня, дѣти конечно, встали рано, въ особенности мальчики, и къ утреннему чаю пришли всѣ аккуратно, что, слѣдуетъ замѣтить между прочимъ, случалось не всегда.

— Я надѣну мои новые сапожки, няня, дай ихъ сюда,— обратился Степа къ нянюшкѣ.

— Голубчикъ, да вѣдь они тебѣ жмутъ ноги, останься лучше въ старыхъ, а ихъ ужъ ежели хочешь непремѣнно, возьми съ собою, хотя я бы и того не совѣтывала.

— Покорно благодарю, какъ бы не такъ, не поѣду я въ старыхъ, давай скорѣе,— настаивалъ мальчикъ и почти съ силою вырвавъ у няни сапоги принялся одѣвать ихъ.

Старушка попробовала еще разъ уговорить его, но слова ея пропали даромъ, Степа облачился въ новые сапоги, ни за что не позволивъ уложить съ собою старые.

Поѣздъ отходилъ ровно въ двѣнадцать часовъ, и наши маленькіе пассажиры такъ боялись опоздать, что пріѣхали на вокзалъ чуть не первыми.

— По крайней мѣрѣ, посмотримъ какъ подаютъ вагоны, какъ ихъ выметаютъ и какъ вытираютъ пыль,— шутя замѣтилъ дядя.

— Хуже было бы ежели бъ опоздали,— возразилъ Вася.

— Конечно, конечно,— подхватили остальные.

Мама и папа пріѣхали проводить дѣтокъ; мама упрашивала дядю за ними присматривать, не позволять высовывать головы изъ оконъ вагона, во время движенія поѣзда не пускать однихъ, на станціяхъ строго запрещать выскакивать на платформу, и много еще о чемъ просила она его, предвидя всевозможныя случайности. Папа же сказалъ только одно на прощанье: "Ну, братъ Сережа, много въ тебѣ энергіи, что соглашаешься ѣхать съ такою командою, я бы не взялъ по сто рублей суточныхъ, чтобы быть на твоемъ мѣстѣ".

Дядя улыбнулся.

— Мы будемъ умны и послушны — замѣтили дѣти.

— Въ этомъ я не сомнѣваюсь, но спускать съ васъ глазъ, все-таки не слѣдуетъ...

Въ эту минуту раздался звонокъ; дядя сказалъ что пора садится въ вагонъ, чтобы занять хорошее мѣсто; дѣти, конечно, не заставили дважды повторить себѣ это предложеніе. Но вотъ наконецъ поѣздъ тронулся и они всѣ четверо столпившись около окна закивали своими хорошенькими головками въ отвѣтъ на послѣднее привѣтствіе родителей.

— Теперь по мѣстамъ!— скомандовалъ дядя.

— Нѣтъ, дядя, голубчикъ, ты намъ позволь смотрѣть въ окно, мы не будемъ высовываться!— просили дѣти.

Дядя согласился; мальчики расположились у праваго окна, а дѣвочки у лѣваго. Новизна мѣста и безпрестанная смѣна передъ глазами различныхъ предметовъ, очень занимала ихъ, но временамъ они перебѣгали отъ одного окна къ другому и безконечно дѣлились впечатлѣніями; все это имъ было удобно, такъ какъ дядя занималъ отдѣльное купэ, въ которомъ они чувствовали себя полными хозяевами.

— Оля. посмотри какъ это красиво: цѣлое стадо коровъ пасется на лугу, а нѣсколько поодаль на пригоркѣ, стоитъ пастухъ и наблюдаетъ за ними!— восхищалась Любочка.

— А тамъ за лугомъ лѣсъ-то какой, вотъ бы пойти поискать грибовъ да ягодъ,— отозвалась Оля.

— Дядя, это что такое?— спросилъ Степа и въ одну минуту прыгнувъ на диванъ, протянулъ руку къ стѣнѣ.

— Ради Бога не трогай!— вскричалъ дядя, схвативъ въ свои руки маленькую рученку племянника.

— Почему, что же это такое?— поинтересовались тогда остальные, отойдя отъ оконъ и окруживъ Степу.

— Это тормазъ,— пояснилъ дядя: ежели вслѣдствіе какой нибудь важной причины встрѣчается надобность остановить поѣздъ, то слѣдуетъ повернуть рычагъ въ извѣстную сторону и онъ тотчасъ остановится, безъ причины же этого дѣлать нельзя, заставятъ заплатить штрафъ.

Дѣти долго разсматривали тормазъ, заставляя дядю разсказывать себѣ самымъ подробнымъ образомъ его устройство. Дядя очень терпѣливо исполнялъ ихъ требованіе, а затѣмъ когда въ концѣ концовъ разговоръ о тормазѣ имъ надоѣлъ, и они снова расположились: около оконъ, спокойно взялся за газеты. Такимъ образомъ время протянулось довольно долго. Когда наступилъ часъ завтрака, то Любочка какъ старшая, взяла на себя роль хозяйки: съ помощью Васи развязала корзинку, достала ножи, вилки, салфетки, и всѣ принялись кушать вкусные бутерброды съ большимъ аппетитомъ; затѣмъ корзинку снова прибрали, завязали и водворили на прежнее мѣсто.

Дядя прилегъ на диванъ собираясь вздремнуть, но предварительно обратился съ просьбою къ своимъ спутникамъ, сидѣть покойно;, не прошло и четверти часа послѣ того какъ дядя, зажмурилъ глаза, какъ вдругъ въ вагонѣ раздался страшный пронзительный крикъ Степы. Дядя испуганно вскочилъ на ноги.

— Моя шляпа! Моя шляпа!— кричалъ мальчуганъ обливаясь горючими слезами:— дядя, голубчикъ, поверни рычагъ тормаза, останови поѣздъ, я выглянулъ въ окно и у меня вѣтромъ сорвало шляпу, пусть поѣздъ остановится я сейчасъ сбѣгаю поднять ее, она навѣрное здѣсь гдѣ нибудь недалеко.

Дядѣ стоило большого труда объяснить Стёпѣ, что ради его шляпы останавливать поѣздъ нельзя.

— Ты вѣдь сказалъ, что въ случаѣ особенно важныхъ причинъ поѣздъ останавливаютъ,— настаивалъ Стёпа.

— Да, мой другъ, но твоя шляпа далеко не представляетъ такой важности, для нее поѣздъ не остановятъ.

— Какъ же я поѣду дальше?

— Не знаю, это уже твое дѣло,— строго отозвался дядя:— умѣлъ высовывать голову изъ окна, когда это было запрещено, умѣй теперь оставаться безъ шляпы.

Степа заплакалъ. Остальная компанія тоже присмирѣла; дядя дѣлалъ видъ, что очень недоволенъ на Стёпу, а потому Васѣ и обѣимъ дѣвочкамъ казалось неловкимъ утѣшать его и уговаривать.

Такимъ образомъ прошло минутъ двадцать. Стёпа не переставалъ плакать, дядѣ стало жаль его.

— Послушай,— обратился онъ къ нему уже гораздо покойнѣе:— какимъ образомъ могло случиться, что ты забылъ строгій наказъ мамы, и высунулъ голову въ окно, воспользовавшись тѣмъ, что я задремалъ?

— Дядя, голубчикъ, прости — это была только одна минутка: вдоль полотна желѣзной дороги проѣзжалъ верхомъ на лошади крестьянскій мальчикъ я ему шутя кивнулъ головою, онъ мнѣ отвѣтилъ низкимъ поклономъ, затѣмъ, такъ какъ нашъ поѣздъ ѣхалъ впередъ, конечно, гораздо скорѣе, чѣмъ мальчикъ на своей лошаденькѣ, мнѣ хотѣлось еще разъ на него взглянуть, я высунулся въ окно, и въ эту минуту вѣтромъ у меня сорвало шляпу, только тутъ я вспомнилъ, что не послушалъ маму, мнѣ было очень стыдно и передъ ней и передъ тобою, но подѣлать уже ничего нельзя, прости, прости ради Бога, даю тебѣ честное слово, что больше никогда ничего подобнаго не случится... Только вотъ, какъ я безъ шляпы поѣду дальше...

— Мы будемъ проѣзжать черезъ небольшой городокъ Т., тамъ нашъ поѣздъ долженъ ожидать встрѣчнаго поѣзда, и по росписанію на остановку полагается цѣлый часъ, которымъ мы и воспользуемся съ тобою, чтобы купить новую шляпу, а доѣхать до магазина можешь въ шляпѣ Васи, онъ навѣрное тебѣ въ этомъ не откажетъ.

— О, конечно, съ радостью,— согласился Вася: — мнѣ все равно какъ сидѣть въ вокзалѣ, въ шляпѣ или безъ шляпы — никто даже не замѣтитъ.

Такимъ образомъ непріятное приключеніе со шляпой должно было быть забытымъ, дядя простилъ Степу, и чтобы окончательно возбудить прежнее веселое настроеніе, предложилъ племянникамъ разсказать что-нибудь интересное, какъ обѣщалъ раньше.

Предложеніе было принято съ радостью, дѣтки сію же минуту окружили своего милаго дядю, который, закуривъ сигару, немедленно приступилъ къ дѣлу. Степа усѣлся съ нимъ рядомъ, и такъ какъ новые сапоги начинали сильно жать ему ноги, то, сбросивъ ихъ, остался въ однихъ чулочкахъ.

"Однажды въ знойную пору,— началъ дядя:— въ одной изъ тѣхъ жаркихъ странъ, гдѣ солнце палитъ немилосердно и жара доходитъ до такихъ размѣровъ, о которыхъ мы не имѣемъ даже понятія, лѣниво переступая съ ноги на ногу и потряхивая мохнатою гривою, пробирался большой левъ; выбравъ себѣ на время мѣстечко въ довольно помѣстительномъ плоскомъ углубленіи песчаной пустыни, онъ расположился тамъ со своей семьею, которая состояла изъ его подруги, отличавшейся отъ него тѣмъ, что она не имѣла гривы и была ниже ростомъ, да двухъ маленькихъ дѣтенышей.

"Расположился онъ въ этомъ мѣстѣ не навсегда, и даже не надолго, потому что львы обыкновенно не устраиваютъ себѣ постояннаго жилища, какъ большинство прочихъ животныхъ, а перекочевываютъ съ мѣста на мѣсто, истребляя все по дорогѣ, все, что попадается на глаза. Днемъ они больше лежатъ въ своемъ логовищѣ, но зато, какъ только наступаетъ вечеръ и воздухъ дѣлается прохладнѣе, такъ и начнутъ одинъ за другимъ выходить на ночныя поиски. Но вотъ матери-львицѣ необходимо пришлось почему-то отлучиться утромъ, и она, поручивъ косматому товарищу присмотрѣть за дѣтьми и строго на-строго приказавъ послѣднимъ не двигаться съ мѣста, спокойно пошла по дѣламъ; но товарищу роль няньки скоро прискучила, тѣмъ болѣе, что малютки не хотѣли лежать смирно, онъ прикрикнулъ на нихъ громкимъ голосомъ и отправился на расположенный по близости холмикъ, разсчитывая, что оттуда можетъ достаточно хорошо наблюдать за ними; но маленькіе львята ухитрились какъ-то втихомолку, ползкомъ, совершенно незамѣтно, улизнуть изъ логовища, и мало-по малу удаляясь отъ него, забрели такъ далеко, что потомъ, при всемъ желаніи возвратиться, никакъ не могли найти дороги.

"Бѣдная мать пришла въ отчаяніе, не найдя по возвращеніи своихъ дѣтенышей; она напустилась на льва, осыпая его упреками, но въ отвѣтъ услыхала такое грозное рычаніе, что больше не отваживалась рта разинуть, и разсудивъ, что дѣти ея уже достаточно подросли, чтобъ прокормиться безъ родительской помощи — успокоилась.

"Они же между тѣмъ, грустно опустивъ головы, подвигались все впередъ, а куда и сами не знали..."

— Станцiя Т., буфетъ есть и остановка на цѣлый часъ,— раздался вдругъ голосъ кондуктора.

— Ахъ, какая досада!— воскликнули дѣти:— приходится прервать разсказъ на самомъ интересномъ мѣстѣ, да мы пожалуй не выйдемъ изъ вагона, дядя, вѣдь правда, тебѣ все равно гдѣ пробыть этотъ часъ?

— Мнѣ-то все равно, а вотъ тебѣ какъ?— обратился дядя къ Степѣ.

— О, дядя, конечно я останусь съ большимъ удовольствiемъ.

— А шляпа?

— Ахъ, да, шляпа, я про нее и забылъ!

— Господа, кому ѣхать въ Тверь, то прошу выходить,— снова раздался голосъ кондуктора:— потому что здѣсь часъ времени остановки, а эти вагоны идутъ въ противуположную сторону.

Вся публика всполошилась, и тѣ пассажиры которымъ надо было ѣхать въ Тверь, поспѣшили выйти, въ числѣ прочихъ вышелъ и дядя Сережа съ своими маленькими племянниками.

Погода между тѣмъ измѣнилась къ худшему, небо заволокло густыми тучами и сталъ накрапывать дождикъ. Дядя Сережа и его четверо спутниковъ спѣшили скорѣе добѣжать до вокзала, каждый несъ въ рукахъ кое-какую поклажу.

— Ай, ай, ай!— закричалъ Степа.

— Что такое, что случилось?— спросилъ дядя.

— Мои сапоги остались въ вагонѣ, ай, ай, ай! Дядя, побѣжимъ за ними.

— Да куда бѣжать-то, когда поѣздъ уже ушелъ...

— Вотъ тебѣ разъ, что теперь дѣлать?

— Спѣшить въ вокзалъ, иначе ты промочишь ноги,— совѣтовалъ Вася, и схвативъ мальчика за руку, силою потащилъ по направленiю къ вокзалу.

— Разиня!— крикнулъ ему вслѣдъ дядя,— скоро носъ свой потеряешь:— но дѣти слышали, что въ голосѣ дяди не звучитъ та недобрая нота неудовольствiя, которая всегда приводила ихъ въ отчаянiе, и что дядя, вмѣсто того, чтобы сердиться, скорѣе смѣется надъ маленькимъ племянникомъ; это ихъ ободрило настолько, что они сами расхохотались; менѣе другихъ впрочемъ смѣялся Степа; шутки шуткой, а положеніе пріѣхать въ гости безъ шляпы и безъ сапогъ ему представлялось очень плачевнымъ.

— Что же теперь дѣлать?— снова проговорилъ онъ, стараясь улыбнуться и въ то же время чувствуя какъ слезы подступаютъ къ горлу.

— Надо сейчасъ садиться на извозчика и ѣхать за покупками. Вася, Любочка и Оля останутся насъ ждать въ вокзалѣ,— сказалъ дядя:— намъ же съ тобою мѣшкать нечего, иначе можемъ опоздать къ тому часу, когда, нашъ поѣздъ долженъ отходить, а если, опоздаемъ, то уже выйдетъ совсѣмъ скверно...— Дядя, я боюсь оставаться въ вокзалѣ безъ тебя,— послышался пискливый голосъ маленькой Оли.

— Ну вотъ еще этого недоставало, вѣдь ты же будешь не одна, да и теперь не ночь, чего бояться?

— Дядя, мнѣ стыдно ѣхать съ тобою въ магазинъ безъ сапогъ,— продолжалъ между тѣмъ Степа:— можетъ быть ты съѣздишь одинъ.

— Для того, чтобы купить сапоги, надо имѣть мѣрку, иначе они опять придутся тебѣ не въ пору.

— Во всякомъ случаѣ разсуждать некогда,— сказалъ въ заключеніе дядя, и взявъ Степу на руки, понесъ его къ выходу вокзала, гдѣ стояли извозчики.

Степа нахмурился; ему было очень непріятно пріѣхать въ магазинъ безъ сапогъ и въ чужой шляпѣ, которая безпрестанно съѣзжала съ головы и которую приходилось все время придерживать рукою, но такъ какъ другого исхода не предвидѣлось, то волей-неволей пришлось повиноваться.

По счастію извозчикъ попался очень хорошій, лошадь его бѣжала скоро, не прошло и получаса, какъ дядя съ племянникомъ уже вернулись.

Незадолго передъ тѣмъ, недовольное личико Степы теперь приняло другое выраженіе, онъ весело смотрѣлъ на свѣтъ божій и даже какъ бы гордился тѣмъ, что у него сразу двѣ обновки, смущало только одно: дядя "еще разъ назвалъ его "разиней" и добавилъ, что если онъ теперь потеряетъ свой носъ, то они съ первой же станціи воротятся обратно къ отцу и матери, потому что онъ не хочетъ привозить къ себѣ въ гости такого некрасиваго мальчика.

— Положимъ, дядя шутитъ, но вѣдь не ровенъ часъ, какъ выражается наша няня, вдругъ я въ самомъ дѣлѣ потеряю носъ,— и мальчуганъ во все время переѣзда изъ города къ вокзалу тайкомъ ощупывалъ пальцами, тутъ ли его носъ, стараясь впрочемъ это дѣлать такъ, чтобы не было замѣтно.

Но вотъ наконецъ волненіе его кончилось; они благополучно добрались до вокзала и добрались какъ разъ вовремя; до отхода поѣзда оставалось еще цѣлыхъ десять минутъ, такъ что они успѣли наскоро пообѣдать.

— А вѣдь тѣ сапоги-то были лучше,— сказалъ Вася, взявъ въ свои руки ножку маленькаго брата и внимательно ее разглядывая.

— Да, я самъ это замѣтилъ,— отвѣчалъ Степа, печально склонивъ головку:— но что же дѣлать, тѣхъ сапогъ я все равно не увижу, значитъ про нихъ и вспоминать нечего.

— Нѣтъ, мой другъ, ты можешь ихъ увидѣть,— возразилъ дядя: — потому что я просилъ телеграфировать оберкондуктору того поѣзда съ которымъ они отправились, онъ ихъ разыщетъ, пришлетъ сюда и на обратномъ пути намъ ихъ передадутъ.

— Въ самомъ дѣлѣ?— радостно воскликнулъ Стёпа: — ахъ милый дядя, благодарю тебя очень, очень за то, что ты это сдѣлалъ, но только мнѣ кажется, что можно было распорядиться еще лучше.

— Еще лучше?— съ удивленіемъ переспросилъ дядя: - какимъ же образомъ?

— Ты говоришь "телеграфировалъ", значитъ разговаривалъ съ нимъ по телеграфу.

Дядя утвердительно кивнулъ головою.

— Можно было просить его поспѣшить высылкою сапогъ, не ожидать нашего обратнаго возвращенія, а прислать ихъ сейчасъ же.

— Но какъ и съ кѣмъ — продолжалъ дядя.

— Какъ съ кѣмъ, просто по телеграфу.

Въ отвѣтъ на эти слова раздался общій взрывъ хохота. Степа широко раскрылъ глаза и съ недоумѣніемъ смотрѣлъ на окружающихъ.

— Что ты за чушь такую говоришь,— замѣтилъ наконецъ Вася, нѣсколько успокоившись:— по телеграфу можно передавать только одни извѣстія, а не вещи.

Миловидное личико Степы снова затуманилось, онъ не любилъ когда надъ нимъ подтрунивали, а въ данномъ случаѣ и братъ и сестры и даже самъ дядя не прочь были подразнить его. Дядя однако первый сжалился надъ нимъ, и чтобы прекратить непріятный разговоръ предложилъ продолжать разсказъ про маленькихъ львенковъ.

— Ахъ, да, въ самомъ дѣлѣ!— воскликнулъ Вася:— мы тогда остановились кажется на томъ, что мать-львица, вернувшись на прежнее мѣсто, не нашла тамъ своихъ дѣтенышей, а дѣтеныши между тѣмъ заблудились и вмѣсто того чтобы идти назадъ, незамѣтно для самихъ себя уходили все дальше и дальше...

— Да — отвѣчалъ дядя, усаживаясь поудобнѣе на своемъ диванѣ:— мы дѣйствительно остановились какъ разъ на этомъ мѣстѣ: "Ну, вотъ такимъ-то образомъ, наши маленькіе львенки уходили все дальше и дальше. Сначала передъ ними тянулась одна безконечно длинная песчаная пустыня, потомъ показался зеленѣющій лугъ, и наконецъ кустарники, въ которыхъ вдругъ что-то. закопошилось. Львята навострили уши, и черезъ нѣсколько минутъ увидали косматую голову огромнаго льва; въ первую минуту они приняли его за своего родителя и уже готовилась съ радостью броситься къ нему, но потомъ, замѣтивъ ошибку, быстро отшатнулись; левъ однако не сдѣлалъ имъ вреда; а напротивъ обошелся ласково, вслѣдствіе чего маленькіе путешественники даже расположились вмѣстѣ ночевать и узнали, что ихъ новый знакомый скрывается въ этихъ самыхъ кустахъ уже довольно давно, что тутъ поблизости живутъ колонисты, къ которымъ онъ дѣлаетъ ночные набѣги, и что не далѣе какъ сегодня вновь идетъ туда за наживою. Дѣйствительно, какъ только кругомъ стемнѣло, левъ, простившись съ гостями, отправился на разбойничій промыселъ, и затѣмъ они сами, собственными ушами слышали страшный, яростный лай собакъ, громкіе голоса людей, даже нѣсколько выстрѣловъ.

"— Что-то съ нимъ! не убили-ли его?" — думали львята, притаившись въ кустарникахъ; но не прошло и часа времени, какъ пріютившій ихъ на ночлегъ хозяинъ воротился домой цѣлъ, здравъ и невредимъ.

Идите ужинать!— крикнулъ онъ громкимъ голосомъ, таща за собою цѣлаго вола.

"Гости охотно приняли любезное предложеніе и принялись съ аппетитомъ уничтожать вкусное жаркое. Ночь прошла благополучно, но на утро колонисты, должно быть озлобленные частымъ посѣщеніемъ льва, напавъ на слѣдъ его, пробрались цѣлою толпою къ самому кустарнику; только проникнуть въ глубину къ несчастью имъ оказалось невозможно, потому что какъ этотъ кустарникъ, такъ и растущія поблизости деревья были сплошь покрыты колючими иглами, да и кромѣ того, все окружающее пространство оказалось поросшимъ густою травою, съ различными ползучими растеніями.

"Оцѣпивъ неприступную крѣпость, колонисты принялись стрѣлять наудалую; испуганные не на шутку всѣмъ случившимся, львята бросились бѣжать, но не успѣли они сдѣлать нѣсколькихъ шаговъ, какъ сейчасъ же попали въ бѣду: первый былъ немедленно убитъ наповалъ пулею; второй, выйдя на открытую степную поляну, свалился въ одну- изъ глубокихъ ямъ, которыя арабы имѣютъ обыкновеніе рыть для ловли хищныхъ животныхъ.

"Сидитъ бѣдняга тамъ ни живъ ни мертвъ; сидитъ часъ-другой-третій, наконецъ слышитъ, кто-то подкрадывается.

"Поднимаетъ голову и видитъ заглядывающую на него человѣческую фигуру.

"Что было дальше, львенокъ не помнитъ. Какъ его вынули изъ ямы, куда повели, что съ нимъ дѣлали. Когда же, поуспокоившись, онъ оглянулся кругомъ болѣе сознательно, то догадался, что находится въ небольшой арабской деревушкѣ, гдѣ по прошествіи нѣсколькихъ недѣль совершенно привыкъ и освоился.

"Хозяинъ обращался съ нимъ хорошо, кормилъ досыта, и когда замѣтилъ, что животное окончательно дѣлается ручнымъ, пустился странствовать по бѣлому свѣту, показывая за деньги своего маленькаго найденыша и научивъ его разнымъ забавнымъ шуткамъ".

На этотъ разъ дядя окончилъ свой разсказъ какъ нельзя больше во-время, только что онъ пересталъ говорить, поѣздъ замедлилъ ходъ и началъ приближаться къ платформѣ станціи города Тверь, гдѣ нашимъ путникамъ надо было выходить.

— Не забудьте чего въ вагонѣ, заберите весь свой багажъ,— обратился онъ къ дѣтямъ, которыя искоса посмотрѣли на маленькаго Степу, переглянулись и, едва сдерживая смѣхъ, начали перешептываться, но дядя сдѣлалъ имъ знакъ головою, что не слѣдуетъ больше раздражать ребенка непріятными воспоминаніями, и они моментально стихли.

Что касается самого Степы, то онъ по всей вѣроятности замѣтилъ все, потому что выраженіе его маленькаго личика снова сдѣлалось серьезнѣе, онъ опустилъ голову, стараясь не смотрѣть ни на брата, ни на сестеръ, и ухватившись ручкой за полу верхней одежды дяди, пошелъ съ нимъ рядомъ. Выйдя изъ вокзала, дядя поспѣшилъ нанять двухъ извозчиковъ, въ однѣ дрожки сѣлъ самъ съ Васей и Степой, а въ другія посадилъ дѣвочекъ.

Ѣхать до гостинницы пришлось не долго, во время переѣзда дѣти съ большимъ любопытствомъ разглядывали городъ; но вотъ наконецъ дрожки остановились, они вышли и начали взбираться по лѣстницѣ: дядя шелъ впередъ, прислуга гостинницы почтительно съ нимъ раскланивалась; очевидно его всѣ знали, да оно и не удивительно: проѣздомъ въ деревню и обратно онъ всегда тамъ останавливался, почему хозяинъ гостинницы распорядился отвести для нашихъ путешественниковъ два самыхъ лучшихъ номера, которые отдѣлялись одинъ отъ другого корридоромъ.

Дѣтямъ первый разъ въ жизни приходилось быть въ гостинницѣ; ихъ интересовала каждая бездѣлица, они ежеминутно обращались за разъясненіями къ дядѣ; который на всѣ ихъ вопросы отвѣчалъ охотно и терпѣливо. Когда подали самоваръ, они пріѣхали въ Т. уже довольно поздно, то Любочка опять взяла на себя роль хозяйки и разливала чай очень ловко, подавая при этомъ каждому изъ братьевъ по бутерброду, кому съ ветчиной, кому съ сыромъ, кому съ телятиной, однимъ словомъ кто съ чѣмъ любилъ. Первый стаканъ конечно былъ предложенъ дядѣ, который не могъ налюбоваться на искусство своей маленькой племянницы; за чаемъ велась веселая, подчасъ очень шумная бесѣда; главнымъ образомъ, конечно, рѣчь касалась маленькаго львенка.

Стѣнные часы, висѣвшіе въ корридорѣ по сосѣдству съ той комнатой, которая предназначалась для помѣщенія дяди и мальчиковъ, пробили десять, а дѣткамъ все еще не хотѣлось спать, но дядя наконецъ, уговорилъ ихъ. На слѣдующее утро всѣ они проспали долѣе обыкновеннаго, и если бъ нр дядя, то пожалуй встали бы только къ завтраку.

Любочка однако поспѣшила - одѣться раньше Оли, чтобы разливать чай.

— Милости просимъ, у меня все готово,— крикнула она, проходя мимо комнаты дяди.

— Сейчасъ,— отозвался послѣдній, и затѣмъ поздоровавшись съ дѣвочками, присѣлъ къ столу.— Ну-ка, хозяюшка, наливай намъ чаю,— добавилъ онъ, когда вся семья оказалась въ сборѣ.

Любочка разложила по стаканамъ сахаръ, нарѣзала булки, въ одну руку взяла ситечко, а въ другую чайникъ, который стала осторожно наклонять книзу, чтобы налить чай, но тутъ вдругъ къ общему удивленію оказалось, что въ чайникѣ вмѣсто чая только одинъ кипятокъ. Она забыла засыпать чай!..

— Вотъ такъ хозяйка!— подхватили остальные. Любочка

совсѣмъ переконфузилась и въ первую минуту до того растерялась, что готова была расплакаться, но дядя поспѣшилъ обратить эту случайность въ шутку, и чтобы отвлечь вниманіе мальчиковъ отъ Любочки, сказалъ, что прежде чѣмъ ѣхать изъ гостинницы на вокзалъ для продолженія дальнѣйшаго путешествія въ деревню, онъ предлагаетъ имъ пойти прогуляться по городу и кстати, если они желаютъ, кое-что купить въ подарокъ домашнимъ.

— О, да, да, конечно!— громко крикнули ему въ отвѣтъ его маленькіе спутники, и тутъ у нихъ начался такой оживленный разговоръ по поводу того, какіе имъ подарки купить мамѣ, папѣ и нянѣ, что непріятный инцидентъ съ чайникомъ былъ забытъ. Любочка этимъ воспользовалась, какъ говорится, подъ шумокъ, налила чай и всѣ остались вполнѣ довольны.

— А почему бы намъ не купить подарки на обратномъ пути?— задалъ вопросъ Вася.

— На обратномъ пути мы здѣсь останавливаться не будемъ,— отвѣчалъ дядя.

— Ну, тогда пойдемте.

Послѣ чая наша маленькая публика отправилась вмѣстѣ съ дядей за покупками, затѣмъ снова вернулась въ гостинницу позавтракать и пустилась въ дальнѣйшій путь.

Переѣздъ до имѣнія дяди Сережи совершился очень быстро, менѣе чѣмъ черезъ часъ цѣль путешествія была достигнута, и путники, выйдя изъ вагона, очутились въ прекрасномъ экипажѣ, запряженномъ четверней рослыхъ сѣрыхъ лошадей, которыя быстро помчали ихъ по довольно гладкой, песчаной дорогѣ, ведущей въ имѣніе дяди, гдѣ они снова увидѣли очень много интереснаго, въ особенности имъ понравилась ферма, построенная на заграничный манеръ и совершенно не похожая на наши деревенскія постройки. Придя туда, дядя приказалъ угостить дѣтей молокомъ съ чернымъ хлѣбомъ, то и другое показалось имъ какъ-то особенно вкусно, потому ли что они устали въ дорогѣ, или потому, что ихъ занимала новая обстановка — неизвѣстно.

Всѣ послѣдующіе затѣмъ дни дѣти проводили въ постоянныхъ прогулкахъ по полю, лѣсу и саду, дядя, конечно, сопровождалъ ихъ всюду, и при этомъ разсказывалъ много интереснаго, полезнаго, поучительнаго. Двѣ недѣли которыя дѣти провели въ Ивановскомъ, такъ звали усадьбу дяди, показались имъ за одинъ день, а когда они вернулись обратно къ своимъ родителямъ, то разсказамъ обо всемъ видѣнномъ, слышанномъ и пережитомъ — не было конца; они обо всемъ разсказывали очень подробно за исключеніемъ впрочемъ того, почему Степа вернулся въ новыхъ сапогахъ и въ новой шляпѣ, и того, какъ придя въ гостинницу пить утренній чай, нашли въ чайникѣ одинъ только кипятокъ.